中国饮食古籍丛书

乡味杂咏

〔清〕施鸿保 撰
何宏 赵炜 校注

乡味杂咏

中国轻工业出版社

鄉味雜詠

錢塘 施鴻保 可齋

余飲食人也少而食貧竊餼黌序幾三十年能書腐儒之餐屢慕大官之饌甘旨給家食聊學幕游蓋來閩五十餘年矣閱肝貽累馮魚作歌歸橐蕭然無以供山居饔飧每懷故鄉饌品輒津津涎流齒頰間偶以七言絕句紀之比于淮南王食經安平公食單暇或繙閱亦勝屠門大嚼也咸豐八年戊午夏六月可齋自識于閩縣署之蕉亭

书影1

鄉味雜詠

錢塘 施鴻保 可齋

上卷

虎跑泉泡本山茶，嫩葉旗槍橫復斜。記得湖樓讀書倦，一甌香對水仙花。

碧綠旗槍夜嫩芽

泉水惟虎跑味尤勝，以去城遠，不能常得。西湖各山皆出茶，龍井最著稱，俗但謂之本山。道光壬子，讀書湖上德生庵，春初一月積雨初霽，和風來座中，水仙一盆花方盛開，庵僧自山以虎跑泉水泡龍井茶相餉，對花啜茗，幽趣叢然，誠如古

书影2

校注说明

《乡味杂咏》上卷收诗170多首，歌咏了作者家乡杭州的多种食品，是研究杭州乃至江南地区清代饮食的重要资料。

作者施鸿保（1804—1871年），字可斋，晚年号榕甫，浙江钱塘（今杭州）人。少贫，嘉庆庚辰（1820年），施鸿保应童生试，被当时任浙江杭嘉湖道的林则徐拔擢为"童生第一"，道光甲申（1824年）录取为生员后，先后14年应乡举，皆落第。1844年，先到江西做幕僚。1845年直至去世一直在福建做幕僚。

施鸿保生前勤于著述，其著述有：《春秋左传注疏五案》六十卷，《读杜诗说》二十四卷，《秉烛纪闻》十六卷，《闽杂记》二十六卷（含《思悸录》一卷），《可斋诗钞》二十卷，《乡味杂咏》二卷。俱未梓，稿多散佚，《闽杂记》部分、《读杜诗说》被后人整理出版。

《乡味杂咏》成书于1858—1860

年间，分上下两卷，下卷散佚。稿本交由同在福建做幕僚的杭州人王六平保管，王卒后由其子王二南（1853—1931年）收藏并有批注。王二南去世，手稿到了其孙女婿郁达夫（1896—1945年）手，并送给藏书家郑振铎（1898—1958年）。郑罹难后，其家属将其藏书全部捐献给国家，入藏北京图书馆（今中国国家图书馆）。

本书以藏于中国国家图书馆的《乡味杂咏》上卷手稿为底本。

具体校注原则如下。

1. 将繁体字竖排改为简体字横排，并加现代标点。

2. 凡底本中的繁体字、异体字、古字、俗字，予以径改，不出注。通假字，于首见处注释，不改字。难字、生僻字词于首见处出注。

3. 凡底本中有明显误脱衍倒之处，信而有征者，予以改正，并出校说明；无确切证据者，出校存疑。

4. 书中所引古籍，凡能查找到的，如无大差别，用引号，但仍按底本；差别较大影响原意的予以改正并出校说明，不影响原意的按底本，不出校。

5. 王二南所作批注，用【 】标识。

序

余饮食人也，少而食贫，窃饩[1]。黉序[2]几三十年，饱尝腐儒之餐，虚慕大官之馔，莫给家食。聊学幕游，盖来闽又十余年矣。闵肝贻累[3]，冯鱼作歌[4]。归

① 窃饩（xì）：偷吃食物。

② 黉（hóng）序：古代的学校。

③ 闵肝贻（yí）累：西晋皇甫谧（215—282年）撰《高士传》卷中《闵贡》："闵贡，字仲叔，太原人也，世称节士，虽周党之洁清自以弗及也。党见仲叔食无菜，遗以生蒜，仲叔曰：'我欲省烦耳，今更作烦邪！'受而不食。建武中，应司徒侯霸之辟，既至，霸不及政事，徒劳苦而已。仲叔恨曰：'以仲叔为不足问邪？不当辟也。辟而不问，是失人也。'遂辞出，投檄而去。复以博士徵，不至。客居安邑，老病家贫，不能得肉，日买猪肝一片，屠者或不肯与。其令闻，敕吏常给焉。仲叔怪，问知之。乃叹曰：'闵仲叔岂以口腹累安邑邪？'遂去，客沛，以寿终。"闵贡食无肝，形容士人清廉自爱。贻（yí）累：留下负担、包袱。

④ 冯鱼作歌：《战国策》卷十一《齐四·齐人有冯谖者》："齐人冯谖为孟尝君门客，不受重视。冯三弹其铗而歌，一曰：'长铗归来乎！食无鱼！'孟尝君曰：'食之，比门下之客。'"后以"食鱼"等比喻幕宾受到重视、优待。

橐[1]萧然[2]，无以供山居饔飧[3]。每忆故乡馔品，辄[4]津津涎流齿颊间。偶以七言绝句纪之，比予《淮南王食经》[5]《安平公食单》[6]，暇或翻阅，亦胜屠门大嚼[7]也。

咸丰八年[8]戊午夏六月

可斋自识于闽县[9]署之蔗亭[10]

---

① 归橐（tuó）：指珠玉之类的宝物。橐：同囊，口袋。

② 萧然：失落的样子。也指萧然山，又名萧山（今杭州市萧山区）。

③ 饔（yōng）飧：也称饔飧飧食，古代指一日之餐。朝食称饔，请人用餐称飧，晚饭称飧或食。

④ 辄（zhé）：原作为輙，意为总是。

⑤《淮南王食经》：隋代诸葛颖（539—615年）撰，已佚。

⑥《安平公食单》：西晋何曾（199—278年）撰有《食疏》《安平公食单》。

⑦ 屠门大嚼：比喻心里想而得不到手，只好用不切实际的办法来安慰自己。屠门：肉店。

⑧ 咸丰八年：1858年。

⑨ 闽县：旧县名，历史上辖境大致为现今的福建省福州市区和闽侯县的一部分。

⑩ 蔗亭：今闽侯县甘蔗街道。

余初咏《乡味》仅及百首诗，录为一卷。后因随忆随咏，遂多至三百余首，乃分上下二卷：上卷则闽中所无，及有而制法不同吾乡者；若寻常皆有，制法亦无异，则皆并入下卷，亦不分类也。

咸丰十年[①]庚申秋九月

仙游县[②]署雪鸿重印室可斋载识

① 咸丰十年：1860年。

② 仙游县：在福建省。

目录

虎跑水　龙井茶　〇〇一

生白酒　〇〇二

凉生白酒　〇〇二

焖饭　〇〇三

菜饭　〇〇四

家乡肉　〇〇四

腌猪头肉　〇〇五

猪头肉火烧饼　〇〇五

东坡肉　〇〇六

胡羊　〇〇七

羊汤饭　羊杂碎　〇〇七

芝麻羊肉　鲞熇羊肉　〇〇八

肉鲊　〇〇八

鸟腊　〇〇九

烧鹅　烧鸭　〇一〇

热锅块鸡　〇一一

蝙蝠鸡　〇一一

桶鸭　〇一二

黑油鸭蛋　〇一三

九熏　〇一三

〇二九 鲦鱼
〇三〇 长梗白
〇三一 油菜 薹心菜
〇三一 黄芽菜
〇三二 果子雪里蕻
〇三三 荠菜
〇三三 马兰头
〇三四 蒿菜
〇三四 水芹菜
〇三五 腌冬菜
〇三六 霉干菜
〇三六 苋菜根
〇三七 香椿干
〇三七 瓢儿菜
〇三八 润板青
〇三八 敲扁豆儿
〇三九 醉毛豆
〇三九 豇豆炒肉
〇四〇 寒豆
〇四〇 煮熟豆儿
〇四〇 兰花豆
〇四一 烘青豆
〇四二 炒红萝葡丝
〇四二 酱小萝葡
〇四三 萝葡干
〇四三 园笋

○一四 醋搂鱼
○一四 春笋炒土布鱼
○一五 鞭笋穿鲆虫儿
○一五 糟青鱼 青龙白虎汤
○一六 鱼生
○一六 乌骨甲鱼
○一七 鳝鱼
○一七 雪里蕻煎鲳鱼
○一八 水鲞 潮鲞 鳓鲞
○一八 鲻丁儿
○一九 鮳儿鲞
○一九 毕剥鲞
○二○ 淮蟹
○二○ 醉蟛蜞
○二一 火撞熩蚌肉
○二二 土蚨
○二二 鲜虾子
○二三 菜卤螺蛳
○二四 海蛳
○二四 蚬肉
○二五 熏田鸡
○二六 海鲜
○二六 糟小鱼
○二七 面糊鳓鲞 面糊虾
○二八 蚕茧
○二八 莼菜羹

〇五八　凉拌面
〇五九　雪里蕻笋丝面
〇五九　面老鼠
〇六〇　馄饨
〇六〇　羊肉馒头
〇六一　蟹馒头
〇六一　松毛包子
〇六二　荡面饺
〇六三　水饺
〇六三　挂粉汤团
〇六四　青白汤团
〇六四　钮儿汤团
〇六五　芝麻团
〇六五　蓑衣饼
〇六六　月饼
〇六七　松花撞糕
〇六七　回炉烧饼
〇六八　南瓜饼
〇六八　空壳烧饼　金刚蹄
〇六九　软锅饼
〇六九　侧高饼
〇七〇　年糕
〇七〇　蒸粉鸡蛋糕
〇七〇　栗糕
〇七一　寿字糕
〇七一　木糕

〇四四　猫儿头
〇四五　白哺鸡
〇四五　黄头儿
〇四六　青笋尖
〇四六　鞭笋
〇四七　笋衣　笋油
〇四七　素火腿
〇四八　菉笋丝
〇四八　烧芥菜
〇四九　酱莴苣
〇五〇　腌小茄儿
〇五〇　糖醋拌紫芽姜丝
〇五〇　青菜瓜
〇五一　酱烧核桃
〇五一　冻豆腐
〇五二　盐粽搂豆腐
〇五二　豆腐渣
〇五三　酒脚腐乳
〇五三　臭腐乳
〇五四　千层包
〇五五　霉千层
〇五五　糖烧面筋
〇五六　五香干　茶干
〇五七　黄豆腐干　回汤豆腐干
〇五七　风干豆腐干
〇五八　清汤面

〇八五　虎爪儿
〇八六　方柿　火柿
〇八七　水团儿　羊官枣
〇八七　酥梨
〇八八　杨梅
〇八八　紫钵盂
〇八九　刺菱儿
〇八九　永嘉柑
〇九〇　王菱肉
〇九〇　风菱
〇九一　枇杷
〇九二　樱桃
〇九二　衢橘
〇九三　风干栗子
〇九三　枣儿瓜　香瓜
〇九四　洋王瓜
〇九四　梅食儿
〇九五　榄仁
〇九五　葱管糖　椿儿糖
〇九六　石花
〇九六　不焦
〇九七　酱鸭　酱猪蹄

○七二 蒸儿糕
○七三 黄条糕 枣糕
○七三 乌饭糕
○七四 水晶糕
○七四 茯苓松子糕
○七四 雪花糕 洗沙糕
○七五 丁头糕
○七五 状元糕
○七六 喇吗糕
○七六 如意卷
○七六 饭团儿
○七七 水粉
○七七 素烧鹅
○七八 倭缠麻花儿
○七九 酥藕
○七九 糖芋艿
○八○ 毛芋艿
○八一 糖炒栗子
○八一 老菱
○八二 现炒白果儿
○八三 鸡头豆
○八三 油炒瓜子
○八三 紫葡桃
○八四 沙果花红
○八四 寿星桃 夫人李
○八五 糖梅 梅酱

虎跑水 龙井茶[1]

虎跑泉[2]泡本山茶，
碧绿旗枪[3]展嫩芽。
记得湖楼读书倦，
一瓯香对水仙花。

泉水惟虎跑味尤胜。以去城远，不能常得。西湖诸山皆出茶，龙井最著称。俗但谓之本山。道光壬午[4]，予读书湖上德生庵，春初一日，积雨初霁，和风时来，座中水仙一盆花方盛开，庵僧自山，以虎跑泉水泡龙井茶相饷，对花啜茗，幽趣盎然。诚如古人所云，此际作天际真人想者。至今三十余年。日处尘劳中，欲复一日得当时趣，况譬若梦醒之后，重寻前梦矣。俗以瀹[5]茶为泡茶，泡本平声，俗亦读去声。碧绿亦杭俗语。

---

① 原稿本无标题，标题按目录所加。

② 虎跑泉：位于杭州西湖西南大慈山白鹤峰下。

③ 旗枪：古代龙井茶按照外形特征，叶分为莲心、旗枪、雀舌和鹰爪四个档次，旗枪是指茶叶经过生长，抽出一片嫩叶，叶如旗、芽如枪，但在外形上依旧是以芽为主，枪比旗大。

④ 道光壬午：1822年。

⑤ 瀹（yuè）：煮。

生白酒

清香短水制冬初，
生白还凭酒客呼。
果比穿心棉袄暖，
不愁风雪满归途。

冬月酒店皆酿白酒，招牌写“清香短水”，俗称“生白儿”，亦号“夹酒”，又谓之“穿心棉袄”，言饮之腹亦暖也。[1]招牌，犹古之望子，亦俗所称。

凉生白酒

天竺山边凉白儿，
松棚满座绿阴垂。
正逢大士出家日，
香客归来带醉迟。

夹酒，夏日冷卖，号“凉白儿”，天竺山人家酿者尤佳。门前多以松毛架棚，设座延饮。观音大士或但称大士，相传二月十九降生日，六月十九出家日，九月十九成道日。每年此三日，各处男女来天竺进香，谓之香客。

① 此处稿本原有“粟肤，见《飞燕外传》”，点校者删除。因稿本“不愁风雪满归途”原为“不愁风雪粟盈肤”，原作者修改为“满归途”。

焖饭

蒸饭终输焖饭香，
起锅颗颗有珠光。
白头苦忆冬舂美，
饱食何缘返故乡。

《诗》言："释之叟叟，蒸之浮浮。"蒸饭，盖古法也。吾乡多食焖饭，相传始于绍兴人，味既香软，颗粒仍自分明，似胜蒸者。"焖"乃俗字，字书无之。凡物煮熟后，不即起锅，去柴留微火片刻，谓之"焖"。读"门"，去声。珠光亦俗语。冬舂米，隔年冬月所舂，田多者储之。产后病起，多以作饭，云能益人，且不停滞也。其粒差长而色微红，价亦昂于常米。按《晋书》：陈遗少为县吏，母喜食铛[1]底饭遗[2]，每录其焦者，归以供母。一日，方携一囊归，适寇至，负母逃山中，得所录焦饭，全活。人以为孝感所致。则前人已有焖饭，若但蒸饭底不焦也。

---

① 铛（chēng）：一种平底锅。
② 饭遗：锅巴。

菜饭

冬来菜饭味尤佳，

秔[1]穤[2]搀和白菜花。

熬透猪油盐水焖，

开锅香满四邻家。

以粳米七，糯米三，白菜切花，先熬猪油炒透，加盐水下米焖饭，谓之菜饭。菜粥亦然。各种菜及葱、韭，细切者为花。

家乡肉

每因食肉忆家乡，

口语乡皆误作香。

烂切盘中五花件，

谁人不悔客殊方。

冬月腌肉号“家乡肉”，以别来自金华也。今多误“乡”为“香”。饭店熟卖，皆切作件，精肥相间，名“五花件”。“件”亦俗语，犹云“块”也。食肉字，本《左传》。旁注：“食肉字”亦连上居中写。

【鄙意“家乡”当是“加芗”之误。若别于金华之谓，不应于杭

① 秔（jīng）：同粳。
② 穤（nuò）：同糯。

州本乡作此名。二南识】

腌猪头肉

满首腌成寿字纹，
家家檐下挂斜曛[1]。
年终烧纸酬神后，
佐酒先催嗅舔闻。

年终酬神谓之烧纸，皆用腌猪头。小者称面鬼儿，大者连前二肘，称满首。寿字纹，当额处绉纹[2]似寿字也。冬至前后，以椒盐拌腌，过半月，取悬檐际，晾干备用。嗅，鼻也；舔，舌也；闻，两耳也，尤宜佐酒。

猪头肉火烧饼

大东门切蔡猪头，
荷叶摊包不漏油。
带得褚堂火烧饼，
晚风觅醉酒家楼。

猪头以红曲烂煮切卖。大东门

① 斜曛（xūn）：斜阳。曛：日落时的余光。
② 绉纹：同皱纹。

蔡家最有名。缪艮[①]《消夏》诗及之，首句即其诗也。火烧饼，擀面叠三层，内糁[②]椒盐，面上加白芝麻，就炉烘熟。刀破其半，嵌肉食之，亦可佐饮。凡卖熟食，多以荷叶包，夏则鲜者，冬则枯者。大东门近东城，地名，褚堂亦地名，有昭忠祠祀唐褚遂良，去大东门半里许。

东坡肉

烂煮红烧肉味多，
犹传制法自东坡。
年来大脔尚能啖，
磊块无如满腹何？

肥肉切二寸径方块，酱油、酒煮烂，号"东坡肉"，相传东坡所嗜也。啖大脔[③]，本《晋书》梁孝王肜[④]语。

---

① 缪艮（1766—1835年）：杭州文人，作幕为生。

② 糁：应为掺。

③ 啖（dàn）大脔（luán）：大块吃肉。啖：吃；脔：切成小片的肉。《晋书》卷三十八·列传第八："肜尝大会，谓参军王铨曰：'我从兄为尚书令，不能啖大脔。大脔故难。'"

④ 梁孝王肜（róng）：司马肜（？—302年），晋宣帝司马懿第八子，受封梁王，谥号为孝。

胡羊

胡羊种自北来肥，
侑酒[1]何须党进姬。
见骨不妨精去骨，
剥皮翻爱嫩留皮。

羊有山羊、胡羊之别，市上卖者皆胡羊也。或去皮，号“剥皮羊”，俗又有“羊见骨”之语。“羊羔美酒党进姬[2]”语陶谷[3]事，本《宋稗类钞》。

羊汤饭　羊杂碎

羊汤饭店教门多，
杜子桥边更老锅。
已付定钱留杂碎，
不愁明日日中过。

煮熟羊肉并卖饭者，名羊汤饭店，多回回人所开。回回人自称教门，以老锅汤久者为佳。杜子桥，计姓教门老锅也。杂碎乃眼、舌、

① 侑（yòu）酒：劝酒。
② 羊羔美酒党进姬：见清代潘永因撰《宋稗类钞》卷四：“陶学士谷，买得党太尉故妓。取雪水烹团茶，谓妓曰：‘党家应不识此。’妓曰：‘彼粗人安得有此？但能销金帐下，浅酌低唱，饮羊羔美酒耳。’陶愧其言。”
③ 陶谷（903—970年）：北宋大臣。著有《清异录》二卷。

肠、肺之类，人尤嗜之，必先日付钱定买，不则早起尚有，迟已卖尽矣。杜子桥，在涌金门内。

芝麻羊肉 鲞熇[1]羊肉

老棉羊肉糁芝麻，
红熟登盘烂似霞。
更爱冬来台鲞熇，
冻成块块结霜花。

胡羊亦称绵羊，老者肉尤肥美，芝麻糁[2]煮，号“芝麻羊”，冬月切大块，同台鲞熇成冻，面上凝脂，白若霜花。石首鱼鲞《本草》谓之“白鲞”，台州松门出者尤有名，故俗但称“台鲞”。熇，俗语，字当作“煀[3]”，作“熇”，从俗也。

肉鲊

曝透张张旧肉皮，
温汤发软快刀批。
一盘拌供湖楼酒，

① 熇（hū）：一种烹饪方法，用少量的水煮。
② 糁（shēn）：碎粒。
③ 煀（wǔ）：煮。

醉指南屏落照低。

肉皮曝干，温汤泡软，批作薄片，号“肉鲊”。加蒜片、盐花、麻油拌食。凡物干者，用熟水或冷水泡软，俗谓之“发”。批则以快刀敧切薄片，犹杜诗[①]“竹批双耳峻”义也。《传灯录》[②]有“薄批明月”之语，则由来亦久矣。雷峰夕照，西湖十景之一，在南屏山。

鸟腊

酒肆门前鸟腊香，

绿营猎户返余杭。

连朝雪压山溪断，

麂[③]肉贱于青草羊。

煮熟山野鸟兽肉，统名鸟腊，多绿营兵[④]充猎户者所卖，无专店，或附酒店中，或以高篮负卖，冬月始多。杭属各县皆多山，惟余

---

① 杜诗：杜甫《房兵曹胡马诗》：“竹批双耳峻，风入四蹄轻。”

②《传灯录》：即北宋释道原《景德传灯录》，有“薄批明月，细抹清风”语。

③ 麂（jǐ）：一种小型的鹿。

④ 绿（lù）营兵：清初汉兵以营为基本单位进行组建，以绿旗为标志，称为绿营，又称绿旗兵。

杭[1]路近，故皆自余杭猎来。每大雪后，麂肉尤贱，言雪满麂饥，群至山家窃食，尤易捕也。羊肉自立夏后至中秋，人鲜买者，号“青草羊”，以其时草盛，羊多食草，肉不肥也。

烧鹅 烧鸭

嫩鸭肥鹅上架烧，
晚风柜外一登摇。
只须论件休论脚，
仔细盘中拣腿条。

原只鹅鸭遍涂麻酱、油，贯铁架上，就火炙透，谓之烧。夏月，羊肉店皆不开，但于晚间柜外摆摊，卖烧鹅、烧鸭。原只切分四块，谓之脚。分切小件块，谓之件。论脚卖，则多骨；论件，则精肥皆肉也。切件者皆摆长腰式盘中，任人拣买。腿条，腿，上件也，最肥壮。凡卖物不设店，但于市旁，铺桌，谓之摊卖。熟食者，摊尤多。《字典》“柜”字注“箧”

① 余杭：在杭州西向，今余杭区余杭街道，俗称老余杭。

也。今各店门前皆设高柜，长短广狭，制不一定。但以收钱付物，不作篋用，与古制异矣。

热锅块鸡

热锅开处候将冬，
囫囵生鸡灼汁浓。
两腿肉如鹅样壮，
缠刀斩取酒边供。

秋杪[1]冬初，酒店门前多摆热锅摊。以原只肥鸡灼取浓汁，煮千层卷、豆腐干、蚌肉、羊血等，其鸡分件切卖。冬日卖熟食者，终日置炉上，名“热锅”，切物作斜角式，名“缠刀块”。“缠”，俗读上声；“斩”，俗亦读平声；“壮”，谓肥也。

蝙蝠鸡[2]

整只松江蝙蝠鸡，
果然咸淡味和齑。

① 杪（miǎo）：末尾；末端。
② “蝙蝠鸡”“桶鸭”两则原在倒数三、二则。原稿本批注：“此下添‘蝙蝠鸡’‘桶鸭’，俱在本卷后。”据此提前。

笑他带血连毛压，
多浸扁鸡来会稽。

腌鸡，冬月自松江来，名“蝙蝠鸡”，以形似也。味不甚咸，而鲜嫩胜于本地腌者。绍兴扁鸡则以整鸡杀后，带毛和血，浸盐卤中，用重石压扁，晒干贩卖，味甚不及会稽，绍兴附郭[①]县。

桶鸭

腌鸭何如桶鸭肥，
南京店卖大街稀。
奎垣巷口仓桥垸，
酒客争携整件归。

冬月羊肉店多卖腌鸭。南京人以桶养鸭，喂极肥后腌卖，尤胜各羊肉店者。然只太平坊奎垣巷口及部院仓桥边两处，俗以桥边为垸[②]，音若兔，字书无之。

---

① 附郭：中国古代县衙门治所与州、府、省等上级政府机构治所设置于同一城池内的状态。绍兴府有山阴县、会稽县附郭。
② 垸（tù）：桥两头靠近平地的地方。

黑油鸭蛋

盐腌鸭蛋满膏油，
黑透黄儿更耐留。
却笑乡音不知误，
摊头多写作高邮。

盐腌鸭蛋，但称盐鸭蛋，一种藏久，黄色变黑，味尤腴美。膏油，黄中凝脂也，俗误作高邮，遂谓高邮州人制者尤佳。摊上所卖皆写高邮鸭蛋，其实非也。“黄儿”亦俗语。

【高邮鸭蛋，盖谓江北生鸭蛋腌熟者。凡江北蛋大于吾乡，故有此称。若但指膏油，则小种亦有之。二南识】

九熏

街头晚摆九熏摊，
薄片玲珑切一盘。
火候到时偏耐暑，
凉厨留取供朝餐。

夏月酒店门前多摆九熏摊，煮鸡、鸭、猪肚、肺、肝及鱼、蛋、田鸡等，烧木屑熏之，名“九熏”。实不止九味也。凉厨，或竹或木，三面糊纱，夏月收藏食物，可避诸虫，且透气不易坏。

醋搂鱼

最爱西湖醋搂鱼，
酸咸滋味起锅初。
作羹宋嫂今何在？
过客惟寻五柳居。

烹鱼加酱、醋起锅，号醋搂鱼。“搂”字义似不合，然俗皆作此字。宋五嫂鱼羹，南渡最有名。《咸淳志·临安》载之。五柳居，近时湖上酒楼，所作醋搂鱼亦有名。

春笋炒土布鱼

清明节近尚无雷，
土步鱼肥眼未开。
好配本园春笋炒，
一挑留下进城来。

土步鱼[①]亦名杜父鱼，清明前不开眼，其肉甚肥，清明后闻雷开眼，即瘦矣。俗以春笋炒为美馔。春笋又称园笋，谓竹园所生，非野笋也。本园，亦俗语。留下，地名，在西溪，笋尤著称。

① 土步鱼：又名沙鳢，属鱼纲塘鳢科。

鞭笋穿[1]鲜[2]虫儿

买来古荡鲜虫儿，
恰趁新鲜上市时。
已过黄梅鞭笋贱，
穿汤最醒伏中脾。

古荡，亦在西溪，周广二里余，多养鲢鲜等鱼。鲜鱼长未逾尺者，号“鲜虫儿”。同鞭笋穿汤，夏日所尚。鞭笋，即猫笋新抽之鞭，未过黄梅者价甚贵，过黄梅，则贱矣。凡物汤煮数沸即起锅者，谓之“穿”，读作去声，字亦作“爨[3]”。

糟青鱼 青龙白虎汤

螺蛳青比小儿长，
糟醉经年满瓮香。
留取肺肠煎豆腐，
青龙白虎有名汤。

青鱼食螺蛳，故号“螺蛳青”。冬月买长三四尺者，破洗微腌，加酒糟封坛中，夏日蒸食，其肠、肺等煎煮豆腐，名“青龙白虎汤”，亦俗所尚。

---

① 穿：应为“汆”。
② 鲜：指草鱼。
③ 爨（cuàn）：烧火煮饭。

鱼生

薄片鱼生去骨头，
登盘滋味赖麻油。
笑他时道学京样，
泡粥不嫌腥气留。

生鱼去头、尾、皮、骨，以快刀批作薄片，加盐微腌，拌麻油、葱花、椒末食之，号“鱼生”。京师人有以泡粥者，近多效之。凡事物效京师者谓之京样。时人所尚者谓之“时道”。

乌骨甲鱼[1]

甲鱼难得骨皆乌，
运使河边问钓徒。
正是樱桃红熟候，
买来清炖满盘酥。

甲鱼，鳖也。生盐运使河中者，骨全黑，号“乌骨甲鱼”。最难得，又俗有“樱桃鳖”之语。以樱桃时鳖尤多也。“酥”亦俗语，物煮极烂曰“酥”。清炖则不用油煎炒，但以火腿、笋、姜等，加酱油、酒蒸熟。

---

① 原稿本目录中《乌骨甲鱼》在《鳝鱼》后。目录顺序根据正文调整。

鳝鱼

鳝鱼贩到早春天，
生背条条煮面鲜。
可笑闽人不知味，
下锅先用熟油煎。

鳝鱼多面店所卖，正月初，已自绍兴贩来。皆悬布帘，写“五香鳝鱼”字，然不果用五香也。但竹刀划取背肚肉，重加姜汁，或面，或豆腐同煮。亦有不加他物者，号清汤鳝鱼。生背，生划背肉也。闽中面馆多先油灼过。

雪里蕻煎鲳鱼

江鱼船到带鲳鱼，
样与槎头鳊不殊。
雪里蕻花煎供酒，
何须化骨画灵符。

鲳鳊鱼，俗但称鲳鱼，与江鱼同时，多附江鱼船来。形似鳊，而稍阔，通身只脊骨一条，肉甚肥白，以腌雪里蕻花煎，味尤美。《诸方集验》有“骨鲠方”：“用清水一碗，以筯[1]画[illegible]字于水上，饮

---

① 筯（zhù）：同箸，筷子。

之即消，名化骨符。”江鱼，即石首黄鱼，闽人谓之黄花鱼。立夏前后，始自宁波来，夏至节过，即不来矣。

水鲞 潮鲞 鳓鲞

水鲞葫芦鳓鲞茄，
丝丝煎透糁葱花。
胜他潮鲞饭锅上，
蒸熟不容别味加。

水鲞、潮鲞，皆江鱼暴腌者。水鲞带卤，潮鲞无卤，晾干，成白鲞。葫芦丝煎水鲞，茄子丝蒸鳓鲞，皆家常馔也。惟潮鲞只宜蒸食，且不可加别物蒸。

鲻丁儿

作鲞鲻鱼小似丁，
酒蒸葱结尚余青。
生平嗜好与人异，
佐饭朝朝不觉腥。

鲻鱼鲞，长二三寸者，号鲻丁儿。葱酒蒸熟，味鲜骨脆，佐饭最佳。凡蒸鱼鲞及生爨鸡、羊肉等，但以整葱一株作结，不切花也。

鲚儿鲞

鲚儿鲞贩到淮壖[1]，
人说头多不值钱。
咸淡岂知皆可口，
咸中滋味淡中鲜。

杂鱼大小鲞，自淮来者，名“鲚儿鲞”。长者不过三四，短者且不及其头大于身，故俗有“鲚儿鲞”，多是头之语。“咸中滋味淡中鲜”，亦俗语。“可口”本出《庄子》：“譬三皇五帝之礼义法度，其犹柤[2]梨橘柚耶！其味相反，而皆可于口。”今俗亦云然。

毕剥鲞

毕剥原因子得名，
听来松脆齿牙声。
笋丝拔淡咸中味，
不羡香莼锦带羹。

毕剥鲞，青鲳鲞也。以其子多，食时毕剥有声，故名。其味甚咸，必以笋丝或片同煎，佐饭最

① 淮壖（ruán）：淮水边的滩涂，也特指淮安一带。壖：城下宫庙外及水边等处的空地或田地。
② 柤（zhā）：同“楂”，山楂。

宜。“拔淡”亦俗语。“秔”字或作“粳”。[1]“香闻锦带羹”本杜诗[2]。

淮蟹

淮蟹初来霜降过，
纸灯巷口担儿多。
团脐不比尖脐贱，
腹内紫油儿满窝。

腌蟹自淮来，谓之“淮蟹”。常在霜降后，卖者皆以纸灯悬担头，三更后方归工作坊。过霜降，皆夜作三更前，犹有买取供粥佐酒者。团脐腹中膏号“黄儿”，紫色者号“紫油儿”。俗语“九月团脐十月尖”。担头亦俗语。

醉蟛蜞

蟛蜞[3]春来满市呼，
莫疑似蟹误君谟。

① 稿本诗最后一句“不羡香莼锦带羹”系由“晚饭添炊几合秔”删改，而“秔”的解释未删。

② 杜诗：杜甫《江阁卧病走笔寄呈崔、卢两侍御》诗：“滑忆雕胡饭，香闻锦带羹。”

③ 蟛蜞（péng yuè）：即蟛蜞，名相手蟹，淡水产小型蟹类。体宽3～4厘米。

酱油酒醉三朝后，
佐饮灯前壳亦酥。

蟛蜞，正月尤多。酱油、酒加姜、椒等，醉，过三日可食。蔡君谟[①]误以蟛蜞为蟹，见《世说》[②]。

火撞[③]熩蚌肉

蚌肉敲边净去涎，
多亏汤好味方全。
热锅烂煮猪头骨，
争及家常火撞鲜。

破蚌剔肉，敲去四边腥涎，同火腿撞烂煮，尤美。热锅卖者，但以猪头骨熬汤，味不及也。火腿蹄上三四寸，谓之“撞”，或称“火撞”，字亦作“幢”，皆读去声。

---

① 蔡君谟：即蔡襄（1012—1067年），字君谟，北宋时人。此处作者有误，把蔡襄当成了三国时人蔡邕。

②《世说》：即南朝宋刘义庆（403—444年）撰《世说新语》：“蔡司徒渡江，见彭蜞，大喜曰：‘蟹有八足，加以二螯。’令烹之。既食，吐下委顿，方知非蟹。”蔡司徒，即蔡邕（133—192年），东汉时人，曾被征辟为司徒掾属。

③ 火撞：即火幢（chuáng），火腿。

土蚨[1]

宁波土蚨尽拖油，
时候桃花逐水流。
可惜太咸难佐酒，
加餐茶洗满盘流。

土蚨出宁波海滨，大者紫膏溢出壳外，号“拖油土蚨”，桃花时尤多，故又号“桃花土蚨”。其味甚咸，必先以茶汁洗过，加葱、椒、酒浸一日夜，咸味既减，又去腥也。

鲜虾子

鲜虾子细色微红，
整担街头唤晚风。
莫上萧山[2]脚官当，
纸灰淘拌瓦缸中。

春虾剔子，和葱花、姜米炒食，亦有风味。其色参白而粒多，不同者皆以纸缸灰淘拌。上当，俗谓受骗也。萧山人来杭卖者，暇则受雇挑担、抬轿，称为“脚官”，气性粗暴，故凡粗暴人俗称“萧山

① 土蚨（fú）：泥螺。
② 萧山：古县名，属绍兴府，今杭州市萧山区。

脚官”。磨锡箔贴纸上，糊作银锭祀神，祭祖以缸盛烧，其灰仍可熬箔，箔作坊雇人收买，呼为“纸缸灰”。凡工作聚处名“作坊”，线作坊、扇作坊、箔作坊，杭城三大作坊也。

【磨锡箔磨字似应作“摩”，未知当否？胡识】

菜卤螺蛳

菜卤锅头热煮螺，
清明未过胜于鹅。
针头挑佐灯前酒，
莫惹人嫌隔夜过。

螺蛳，清明前者肉嫩子少，鲜味尤胜，故有“清明前的螺，胜于吃只鹅”之语。卖者或剪去尾，呼曰“剟[1]尾巴螺蛳”。剟谓刀斫，犹之剪也，读若督。以冬腌菜卤煮之。其不去尾者，必以针头挑取，俗嫌多言人棘曰“吃隔夜螺蛳惹嫌”，亦俗语。

① 剟（duō）：删削；去除。

海蛳

清明时节雨如丝，
巷口人来卖海狮。
吸取一弯青肉细，
酒边风味最相思。

海蛳似螺蛳，而小长丰寸许，头粗尾细，肉色纯青。清明前后皆剪尾煮熟，拌麻油、花椒末卖，佐酒佳品也。

蚬肉

满盘蚬肉托渔婆，
腐骨休疑拌煮过。
好共肉丁春笋炒，
胜他盛馔发青螺。

王蚬[①]，开水泡过，剔取肉卖，以肉、笋丁同炒，亦家常饭菜也。俗言用人、兽腐骨煮，则肉自落，故或疑而不食，其实非是。卖者多渔船妇女，俗称渔婆，但以木盘托于市。青螺本出徽州，相传惟文公祖墓前池中所生，剔肉曝干，临用川[②]熟，水发软，配料作羹，盛馔

① 王蚬：应为黄蚬，扬州人“黄”“王”不分。
② 川：应为汆。

始设之。然市上卖者，半皆海蛳肉耳。凡物碎切者，或称“花”，或称“米”，整切小块者，称“丁”。

熏田鸡

满篮熏熟剥皮蛙，
唤卖人来晚市哗。
都爱坐鱼滋味美，
不防犯禁捉冬瓜。

俗称蛙为田鸡，以其多生田间，肉味如鸡也。去头与皮，熏熟卖之，呼曰“熏熟田鸡”。坐鱼，见《南宋杂事诗》[1]注“黄公度帅闽[2]”事，即田鸡也。又载：南宋时

---

①《南宋杂事诗》：清代杭州文人沈嘉辙、吴焯（1676—1733年）、陈芝光、符曾（1688—1760年）、赵昱（1689—1749年）、厉鹗（1692—1752年）、赵信（1701—?）等合撰咏史诗专集。

② 黄公度帅闽：南宋叶绍翁撰《四朝闻见录》：“杭人嗜田鸡如炙，即蛙也。旧以其能食害稼者，有禁。宪圣渡南，以其酷似人形，力赞高宗申严禁止之。今都人习此味不能止，售者至刳冬瓜以实之，置诸食蛙者之门，谓之‘送冬瓜’。黄公度帅闽，以闽号为多进士，未必谙贯宿，戒庖兵市坐鱼三斤。庖兵不晓所名，遍问诸生，莫能喻。时林执善为州学录，或语庖人以执善多记，庖人拜而问焉。执善语以可供田鸡三斤，庖人如教纳入。黄公度笑而进庖人曰：‘谁教汝？’庖以执善告。黄公遂馆林于宾阁云。”

禁食田鸡，卖者取大冬瓜剜空，置于其肉，故有“捉冬瓜”之谚。

海鲜

海鲜滋味果然鲜，
首尾看来个个全。
雪里蕻汤穿笋片，
加餐快果腹便便。

海鲜自淮上来，皆极小鱼干，以雪里蕻笋片煮汤最佳，似即闽中之丁香䱾。

糟小鱼

白小天然二寸鱼，
糟煎滋味胜花猪。
一灯风雨他乡夜，
回首名场廿载余。

白条鱼长一二寸者，冬月糟煎，尤可久藏。杜诗：“白小群分命，天然二寸鱼。”道光壬辰[1]，予肄业诂经精舍，陈芝楣方伯课《白小赋》，即以杜诗二句为韵。高巳生戏予曰：“君好作长赋，此题

① 道光壬辰：1832年。

亦能长。”犹予仍作律赋，每韵五联，共一千余字。案发在第二，已生笑曰：“陆机[①]患才多，君乃不患矣。”壬辰至今二十七年，白首他乡，依人谋食，不独当时已所不料，即已生亦不料余至此也。赋稿犹在，附录卷末[②]。

面糊鳓鲞[③] 面糊虾

面糊鳓鲞尚嫌咸，
淡厌鲜虾硬壳衔。
揔[④]胜闽人裹生蛎，
虎门潮汐望归帆。

鳓鲞切段，干面糊煎，号面糊鳓鲞。市上以带壳虾糊，号“干面虾”。闽人喜食蛎黄，多以裹面煎饼，咸淡失中，且多腥味。五虎门，闽县所属，去南台五十里，海

① 陆机（261—303年）：西晋著名文学家、书法家。陆机“少有奇才，文章冠世”，诗重藻绘排偶，骈文亦佳。张华（232—300年）评价陆机：“人之作文，患于不才；至子为文，乃患太多也。”

② 赋稿犹在，附录卷末：现存稿本无赋。

③ 鳓鲞：用鳓鱼加工成的咸鲞鱼，风味独特。

④ 揔（zǒng）：同总。

中渔船由此出入。朝潮夕汐，本《说文》。

蚕茧

三月头蚕已浴锅，
茧中剥出肉如螺。
五香炒透沿街卖，
屐响人来雨后多。

蚕初养者为头蚕，三月初已作茧，入锅煮缫，谓之“浴锅”。茧中蛹熟剥取，同盐花、蒜片炒卖，呼曰“五香蚕茧儿”。以茴香、花椒、陈皮、桂皮、丁香制食物，号五香。市上所卖五香鳝鱼、五香豆腐干、五香蚕茧儿之类，实不俱用五香也。

莼菜羹

三潭春水绿平湖，
雉尾莼羹玉不如。
始信秋风季鹰思，
赋归原不为鲈鱼。

西湖十景八曰三潭印月，在湖中东南隅。春秋皆产莼，春莼尤肥美，人多尚之。雉尾莼羹玉不如，王渔洋锦秋湖竹枝词句也。张翰因秋风起，思吴中莼羹、鲈鱼脍，遂去官归，见《晋书·本传》。季鹰，翰字也。

鲦鱼[①]

鲦鱼搓熟手炉烘，
倦读寒宵风雪中。
白首灯前忍重忆，
显杨无分负丸熊。

鲦鱼，形扁而阔，通身无骨，既非箬鱼[②]，亦非墨鱼，或谓即东坡所咏之鲥鱼也，吾乡本无。道光甲申、乙酉间[③]，二兄有山客江右[④]，尝于冬月寄回。余夜读倦时，先慈每手搓令软，撕作细条，遍涂麻酱油，就手炉烘熟，赐以佐酒。今三十余年矣！既不复得此鱼，亦不忍复尝此味。偶忆前事，附咏及之。俾览者知余负母兄之训，白首无成，乃此世一大罪人也。手炉另见……

---

① 鲦鱼：即鱿鱼。
② 箬鱼：一般指比目鱼。
③ 道光甲申、乙酉间：1824—1825年间。
④ 江右：指江西省，古人以西为右，故称江右。

【“鲦”字，吾乡人误读作“游”音，本江右产，“游”字从江右音也。南货店中多有卖者，价已昂，每觔[1]索青蚨[2]千外，岂当时杭城少此物耶？二南识】

长梗白

经霜长梗白尤鲜，
整担东门买过年。
烂煮千层油豆腐，
羊羔不羡党家筵。

白菜即菘菜，亦号“长梗白”，霜后尤肥美。东门外多菜圃，故南宋谚云：“东门菜，西门鱼。”至今尚然。千层又称千张，煮豆汁将成腐时，淋布上，层层叠蒸，俟熟揭下，方如手巾。豆腐醡[3]分小块，用油灼透，松若蜂巢。惟冬月有之，炒白菜皆佳。整担犹云满担

① 觔：同斤。
② 青蚨：指钱。传说中的神虫，生子后母子分离必会聚为一处。人用青蚨母子血各涂在钱上，涂母血的钱或涂子血的钱必会飞回，故有“青蚨还钱”之说。青蚨也成了钱的代称。
③ 醡：即榨。

也，亦俗语。整盘、整碗、整缸、整篮俱同。羊羔事已见。

油菜 薹心菜

油菜何须更用油，
千层烂炒熟稠稠。
春来更爱薹心美，
腌透小坛三伏留。

油菜或云即芸薹，其子醡油，即菜油也。冬杪春初，味亦肥美。炒千层、油豆腐皆佳。薹心菜、油菜心最嫩者，晒干碎切，腌封小坛中，夏日拌麻油、醋食，尤有风味。“熟稠稠”亦俗语。

黄芽菜

黄芽菜本号花交，
旧志杭州语不淆。
最好冬来压霜过，
咬根风味胜他肴。

万历《杭州府志》：“黄芽菜一名花交菜，根不甚长，其叶青黄相间，层层绉裹，霜后方美。”

整把买来炒豆腐，连朝霜压

透东郭。“把”字本杜诗[1]《园官送菜》，把，题。俗以各菜切段，煮整块。豆腐谓之“炍”，音若“拗”，平声，本无正字，检字典惟此字音近，借用之。

果子雪里蕻

雪里蕻同果子腌，
小坛出水酌加盐。
泥糊草塞留过夏，
灯下酒人催取添。

芥菜一种，号雪里蕻，梗叶皆较细，冬日晾干，或原枝腌，或切碎腌，又有同杏仁、桃仁、橄榄仁、花生、瓜子、胡桃肉、橙丁等腌者，号“果子菜”。装小坛内，稻草作辫盘塞坛口，倒置灰土上。淋去水气，再以泥糊，可留至夏。“蕻”字本《正字通》。

【雪里蕻，“蕻”字当作“蕻”，读作去声。蕻，水草也。《北史·慕容俨传》：“蕻数里以塞船路”，可知非今之雪里蕻也。又按：“蕻”即

① 杜诗：杜甫《园官送菜》：“清晨蒙菜把，常荷地主恩。”

"荭"字。南识】

荠菜

荠菜春来满地青，
儿童唤卖雨初晴。
滚汤泡熟宵供酒，
风味灯前别样清。

春初荠菜极鲜嫩，儿童和马兰头采卖，呼曰"荠菜花儿"。马兰头其声清脆可听。然荠菜花三月初方花，其时叶老不中食矣。所卖乃初生者，洗净以滚汤泡熟，切碎，和豆腐干、笋丁等，麻酱、油拌食。滚汤，滚即沸也，亦俗语，或称开水。

马兰头

马兰头性最清凉，
苏沈多传旧药方。
不信酒人犹病渴，
灯前催拌满盘香。

马兰头与荠菜同时，其性清凉解毒，医方多用之。苏沈良方，东坡与沈括所辑，今收《四库》中。

蒿菜

正是河豚欲上时，
蒌蒿满地繫[1]相思。
一盘拌供灯前酒，
风雨潇潇夜漏迟。

东坡诗："蒌蒿满地芦芽短，正是河豚欲上时。"三四月间，买鲜蒿菜，泡熟切拌，佐酒最佳。加炒芝麻，尤有风味。

水芹菜

风味犹怜雪后芹，
水边满把采来新。
酒阑忍忆从前事，
一领青衫误我身。

芹有山水之别。山芹即芎藭苗也。闽人以之供馔，吾乡则但食水芹，冬月生溪涧旁，茎白叶青，整把束卖，食时去叶留茎，或炒或拌，皆宜佐酒。《鲁颂》[2]有"泮水采芹"，故游泮[3]谓之采芹。予于道光

① 繫（jì）：同系。
②《鲁颂》：《诗经》三颂之一。先秦时期华夏族的诗歌，歌颂鲁僖公。
③ 游泮：明清科举制度，经州县考试录取为生员者就读于学宫，称游泮。

甲申游泮，至今三十七年矣。每忆此味，青衫欲湿。

腌冬菜

一畦寒菜饱经霜，
晒透加盐耐久藏。
诹[1]日开缸冬至近，
雪中滋味果然长。

冬至前家家皆腌白菜，早或七八日，迟则十二三日，诹吉开缸，供家堂灶司及祖宗堂。冬至即以炒肉作飨。堂前设座，供诸神菩萨像位，谓之“家堂”；供祖宗牌位，谓之“祖宗堂”。灶神但称灶司，或亦连称菩萨。作飨，祭祖也。《冷斋夜话》[2]：宋仁宗尝问范文正[3]，何味最美？对曰：臣少时夜读，馁且渴甚，求他物皆不可得，偶于□雪中，拾腌齑一叶，觉天下美味无能及者，至今忆之，犹涎流也。末句即用其语。

---

① 诹（zōu）：商量；咨询。

②《冷斋夜话》：北宋释惠洪撰笔记。《冷斋夜话》无此典，可能作者误记。

③ 范文正：即范仲淹（989—1052年），谥号文正。

霉干菜

冬菜春来尽起缸，
晒干把把绞成双。
好留夏日熩□肉，
制法亦传来过江。

腌白菜，春日尽起缸。晒干绞把，收藏坛中，号冬菜干，亦曰霉干菜。夏月熩肉，数日不坏，亦绍兴人法也。绍兴来杭州必过钱塘江，故俗称“过江人”。熩，亦俗字。

苋菜根

腌透秋风苋菜根，
麻油蒸拌供朝飧。
当时惯向邻庵乞，
记得沙弥早扣门。

苋菜至八九月，根有长及丈者，皮厚肉满。切一二寸段，盐腌极透。麻油拌蒸，最好佐饭。尼庵制者尤佳。余家西邻有延生庵，先慈在日，庵尼常以相馈。尼徒年幼，未薙发[1]者，谓之“沙弥儿”。

① 薙（tì）发：剃发。

香椿干

更爱椿干味不咸，
竹丝小篓带於潜[1]。
泡开豆腐麻油拌，
酒客都忘夏日炎。

椿树新芽极嫩者，碎切拌生豆腐最佳。於潜人加微盐晒干，竹篮篓装卖。夏月开水泡拌，味同新采者。

瓢儿菜

瓢儿菜滑似含涎，
叶叶无根绿色鲜。
碎切酱瓜姜米炒，
整篮催买早春天。

瓢儿叶菜叶厚而滑润，或云即葵菜也，多去根卖。以其性寒，故用酱瓜、姜米炒食。青菜瓜原株晒干，酱缸套透，号酱瓜。酱姜亦然。套即浸也，亦俗语。

---

① 於潜：古县名，今并入杭州市临安区。於潜镇在临安市中部。

润板青

买得街头润板青，
煮盐佐酒有余馨。
篮中空壳莫教弃，
留打蚊烟香满庭。

蚕豆大者，号润板青，初出时但去外壳，或炒腌雪里蕻，或炒肉片俱佳。微盐水煮，佐酒尤宜。其壳晒干，同艾把、苍术根、白芷片，夏日焚以熏蚊，谓之打蚊烟。

敲扁豆儿

干蚕豆不便残牙，
搞扁须凭小铁擿。
夏日炒盐供晚炊，
凉棚闲话日初斜。

蚕豆干者，搞扁，盐炒，老人所宜。擿，锤也。《家语》[①]：孔子读《易》，韦编三绝[②]，铁擿三折[③]。《豆

---

①《家语》：即《孔子家语》，是一部记录孔子及孔门弟子思想言行的著作。

② 韦编三绝：孔子为读《周易》而多次翻断了编联竹简的牛皮带子。比喻读书勤奋。韦：熟牛皮；韦编：用熟牛皮绳把竹简编联起来；三：概数，表示多次；绝：断。

③ 铁擿（zhì）三折：编缀竹简用的铁擿折断了多次。意同“韦编三绝”。

棚闲话》，明人所著小说。

醉毛豆

记得交秋毛豆肥，
摘来结结露初晞。
最宜剪角撕筋醉，
佐酒酥甜更耐饥。

毛豆即大豆，荚上有毛，俗称毛豆，其用最多。炒卤煎拌，腐干蒸酱，配虾仁作羹，皆可。若以佐酒，惟剪去两尖角，撕中间粗筋，煮熟，以酱油、酒清醉，或加花椒颗，尤有风味。结结犹筴，荚，土音，误也。

【结结字恐有误。】

豇豆炒肉

垂垂豇豆挂斜阳，
带荚登盘别有香。
烂炒精肥五花肉，
起锅火候莫嫌长。

小炒肉起锅多不宜迟，故俗有十八抢锅刀之语。惟同豇豆炒须煮极烂，肉味尽入豆中。去肉食豆，入豆酥腴。

寒豆

寒豆难稽本草名，
炒来带壳嫩青青。
酒阑梜取如珠颗，
圆落冰盘滚不停。

寒豆亦作含豆。其正名不可知。荚似扁豆而狭，色尤光润，粒圆如珠，炒肉片最香美。素煮或以黄豆腐干同炒，或用盐水清煮，佐酒亦佳。盘大者谓之冰盘、滚盘珠，俗语也。梜，即箸也。见《礼记》。

煮熟豆儿

冬来煮熟豆儿佳，
三色青黄与黑偕。
最爱酒家色纸巧，
纤纤形似小弓鞋。

毛豆有青黄黑三种，或曰黑者马料豆也。冬月，酒家以腌菜卤煮熟，微干，纸包作妇女脚鞋样，卖以佐饮，号“煮熟豆儿”。

兰花豆

蚕豆温汤泡发芽，
四棱分切似兰花。
香油灼透松如粉，

胜拌红糖煮洗沙。

干蚕豆用汤炮软，连壳切作四棱，仍留半截不切，入油灼松，棱张壳开，宛如开泛兰花，号兰花豆儿。粗糖色红，俗称红糖，煮蚕豆或乌豇豆极烂。淋燥拌红糖为洗沙，多作糕饼、汤团馅。香油，即菜油也。

烘青豆

量来青豆灼盐汤，
微火烘干耐久藏。
尤爱条条猫笋片，
满盘检取酒边忙。

买豆但论升米斗，谓之量检。青色者，微盐水煮熟，微火烘干，号烘青豆儿。或切猫笋片同煮，烘味尤加鲜。

炒红萝葡丝[1]

红萝葡细切成丝，
臈[2]底晴和买不迟。
干炒满盘八宝菜，
好供分岁酒酣时。

十二月半后，市上卖红萝葡丝儿，买取晾干，除夕同豆腐干、千层、冬笋、香蕈、木耳、针金菜、油灼豆腐条干炒，名八宝菜。分岁筵必有之，取口号也。

【吴谷人[3]《新年杂咏》存《红萝葡丝》诗[4]。】

酱小萝葡

萝葡初生碎杂砂，
细如小指白如牙。
买来甜酱缸中套，
脆嫩条条胜菜瓜。

初生萝葡[5]，短而细者，酱缸

---

① 炒红萝葡丝：目录原作“炒红葡萄丝”，据意改。
② 臈（là）：同腊。
③ 吴谷人：吴锡麒（1746—1818年），号谷人。清代文人。
④《红萝葡丝》诗：《武林新年杂咏》收吴锡麒《红萝葡丝》：“已过咬春候，鑢丝红足夸。刀头如剥茧，眼底竟生花。活色留供馔，微香试点茶。佳人能烂嚼，比似唾绒赊。”
⑤ 萝葡：原作葡萝。

套一二日，号象牙萝葡。酱有豆、面两种，面酱色微红，味甜，俗呼甜酱。

萝葡干

雪后东园芦菔[1]肥，

条条腌透晒斜晖。

来年蒸拌五香味，

整把灯前醉带归。

东坡诗：“秋来霜露满东园，芦菔生儿芥有孙。”东园，注家不详。吾乡东园，即南宋聚景园，其中恰多菜圃。雪后萝葡，味尤肥美。买极大者分切作条，用盐腌透，晒干，五六月间拌五香味蒸卖，酒家多缚作小把。

【得此可补施注之阙[2]，先生真善读书者。二南】

园笋

好趁春雷未发时，

满园掘取箨龙儿。

① 芦菔：即萝卜。

② 阙（quē）：同缺。

平生嗜好同山谷[①]，

但呪[②]上番成竹迟。

春笋闻雷即出土，时已老矣。箨龙儿，本庐仝[③]诗，谓笋也。上番本杜诗："会须上番看成竹。"山谷诗："一心呪笋莫成竹。"

猫儿头

猫儿头已进城多，

时候才交谷雨过。

爱觅禅师参玉版，

忍教俗士笑东坡。

猫儿头，猫笋[④]之初生者，前已见东坡戏邀刘器之同，参玉版禅师，亦谓笋也。见《宾退录》[⑤]。又东坡诗："可使食无肉，不可居无竹。无肉令人瘦，无竹令人俗。人瘦尚可肥，士俗不可医。"

---

① 山谷：黄庭坚（1045—1105年），号山谷道人，北宋文学家、书法家。

② 呪（zhòu）：同"咒"。

③ 庐仝：中唐诗人。

④ 猫笋：即毛笋，春笋的一种。

⑤《宾退录》：南宋赵与时（1175—1231年）撰笔记。《宾退录》未录此事。

白哺鸡

已看新竹出林斋，
整担惟销白哺鸡。
切片好同莴苣笋，
酒楼催拌日初西。

园笋至三月杪，已皆出土，尖长小叶，壳作锦斑，俗称白哺鸡。肉不甚厚，同新莴苣笋切片，酱、麻油拌，亦酒品也。销亦俗语，见下卷注。市中卖物皆曰销，故谓之销畅。

黄头儿

笋根稚子指头粗，
盐酌条条壳尽酥。
正是春风听莺候，
问名莫谓落巢雏。

笋旁生极细者，连壳盐酌，号黄头儿。笋根稚子，本杜诗[1]，仇兆

① 杜诗：杜甫《漫兴九首》之七："笋根稚子无人见，沙上凫雏傍母眠。"稚子：施诗作雉子。大约从明清时就在传抄过程中出现了"雉"和"稚"两种版本。《全唐诗》为"稚子"，有两种不同的解释：雉，指小野鸡伏在竹林笋根旁边，难为人见；稚，古人也把笋称为稚子。明代张岱（1597—1680年）《夜航船》卷十七《四灵部》："稚子，一名'竹団'。喜食笋，善匿，不使人见。故杜诗有'笋根稚子无人见'之句。"

鳌注[1]，一说是竹根细笋。春初莺雏，俗亦称黄头儿。杜诗[2]又云：鸦护落巢儿。"巢"，本作窠。

青笋尖

细笋烘干装满笼，
螺蛳结样爱玲珑。
青尖色嫩初开箬[3]，
不独涎流初白翁。

笋干名目甚多，最细而嫩者名"青笋尖"，多盘曲成结，装箬笼中，故又名"螺蛳结"。"青尖色嫩初开箬"，本查初白诗句[4]。

鞭笋

满林红绽两肥梅，
竹笋抽鞭不待雷。
佐酒总输清醉好，

① 仇兆鳌（1638—1717年）：清代学者，以《杜诗详注》最享盛名。

② 杜诗：杜甫《重过何氏五首》其二："犬迎曾宿客，鸦护落巢儿。"

③ 箬（ruò）：一种竹叶。

④ 查初白诗句：查慎行《同年盛东田饷青笋径茶赋谢》："青尖色嫩初开箬，绿片香清欲泛瓯。"查初白：查慎行（1650—1727年），清朝诗人。晚年居于初白庵，又称查初白。

灯前催取尽余杯。

鞭笋，黄梅时者，号梅鞭，用亦最多，佐酒则惟清醉为宜。

笋衣 笋油

笋衣薄嫩笋油鲜，
多供斋厨办素筵。
记得东西天目寺，
瓦瓶竹篓馈年年。

凡制笋干先用盐水煮，笋熟后淋干，再醡出粗汁，始上笼烘，汁最浓者为笋油，笋衣则笋干嫩壳也。天目山在临安，有东西二寺，所制笋干最有名。笋衣、笋油亦胜他制。予从兄[1]树堂学佛，常与两寺僧往来，故年年寄送。办，犹云端正，皆俗语也。

素火腿

火腿偏宜素食人，
酒边细嚼味津津。
问谁唤作绣鞋底，
整片灯前认不真。

① 从兄：指本宗族中年长的己辈男子。

猫笋大者切片。盐炸干后，买以佐酒，号素火腿。处州[1]出者尤佳，故又号处片。其小而极嫩者号绣鞋底。

菉笋丝

处州菉笋伏中干，
冷发还愁细切难。
最爱酱烧兼佐酒，
莫教肉熄只供餐。

处州笋片大者名菉笋，开水煮软或切丝，酱烧或切片熄肉。酱烧者尤有风味。

烧芥菜

买来紫芥近余年，
晒满高檐雪后天。
好试新人辣手段，
小坛烧供上灯筵。

紫芥菜，十二月半后，与红萝葡丝儿同卖，晒干，用油锅微炒，加少醋起锅，封置小坛中，过数日

① 处州：今浙江丽水。

可食。味最宜辣。吴谷人《新年杂咏》自注[1]，凡新妇过年为令烧芥菜，谓之试辣手段。今俗却有然有不然。新妇，俗称新人。

酱莴苣

苣兮曾入杜陵诗，
唤卖人来梅雨时。
好是酱缸生套过，
条条手摘酒边迟。

少陵[2]有种莴苣诗句云："苣兮蔬之常，随事蓺其子。"生切微腌，同笋片拌麻、酱油，亦可佐酒。酱缸套过，号酱莴苣。凡酱过小菜皆不宜刀切，嫌有铁腥气也。

---

①《新年杂咏》自注：《武林新年杂咏》吴锡麒《烧菜》诗："翠釜看新沥，醯蔬滋味长。都忘烟火意，能助齿牙香。风趣宜残醉，清馋索屡尝。别余新辣在，纤手试厨娘。"自注："俗有'试试辣手段'之语。"

② 少陵：杜甫。杜甫曾居于京兆（长安）汉宣帝刘询的杜陵。其东南十余里有小陵，称少陵，为许皇后葬处。杜甫在诗中常自称杜陵布衣、少陵野老。

腌小茄儿

紫茄小种嫩宜腌，
晚粥登盘好避炎。
不厌丝丝亲手擘，
已经七日压灰炎。

茄子小者只一二寸长，以盐和灰腌之。重物压过七日，洗尽手撕。夏日过供粥最佳。俗有“早香晚粥”语，或谓夏日“早宜食香瓜，晚宜食粥”，非也，香瓜不宜常食，早食尤忌。当是“早香晚烛”，谓奉佛之勤耳。

糖醋拌紫芽姜丝

蝉噪庭槐日最长，
市头新卖紫芽姜。
丝丝切佐灯前粥，
风味尤兼醋与糖。

姜最嫩，切丝微腌，加糖醋拌食，供粥佳品也。

青菜瓜

更爱新腌青菜瓜，
条条脆嫩便残牙。
一盘供酒凉棚下，
坐听蝉声日又斜。

青菜瓜嫩者，腌透并可供酒，

亦夏日佳品也。人家庭中，夏日多搭凉棚，中秋后始去之。

酱烧核桃

敲取原生鬼脸儿，
酱烧松脆起锅时。
少年学吃三官素，
常恐邻庵馈岁迟。

胡桃俗称核桃，敲开仁不碎者号“鬼脸儿”，亦曰“老虎脸儿”。麻油泡过，加糖、酱起锅，名“酱烧核桃”。僧尼多以之馈岁。三官素，有大三官，一年三月，正、七、十也；有小三官，每月九日，一、七、十也。三官者，天官、地官、水官也。本出道家，或谓即汉末张角五斗米教。

冻豆腐

豆腐连青汤沃过，
晓来冰冻起蜂窠。
暖锅不用荤汤煮，
菜卤麻油风味多。

冻豆腐，先一晚切薄片，铺竹篮中，开水数淋，露悬过夜，次日仍以开水淋过，入暖锅内，用腌菜卤煮之。皆松透，若蜂窠然。重加麻油，尤有风味。或以火腿鸡肉汤煮，反不及也。

盐粽搂豆腐

竹盘余卤剩粗盐，
粽样抟成四角尖。
滚水泡开搂豆腐，
好教素馔食单添。

盐厂煮盐皆用竹盘，盛卤不漏，经火不然[1]。年久者底积粗盐，刮取抟作粽形，滚水化开，以少许入生豆腐中，筋搅极细，蒸熟。麻油浇食，亦素馔佳品。

豆腐渣

莫笑贫家豆腐渣，
油锅灼燥糁盐花。
年年臈[2]底诸神降，
卖到邻村富贵家。

磨豆成腐，其渣甚粗，贫人买取沥过，干锅焙燥，加腌雪里蕻、

① 然：同燃。
② 臈（là）：同腊，指腊月。

菜花油炒至黄色。十二月二十五日为诸神下降日，多炒作馔，富家亦然，谓可邀神福也。

酒脚腐乳

窖渍白酒脚尤浓，
豆腐椒盐炒拌松。
留待上灯开佐粥，
泥坛个个箬包封。

冬至前后，切白豆腐干，作小方块，用稻草垫盖，安极暖处。腐后，逐块拭净，炒椒盐拌匀。装小坛中，加满酒脚，箬叶封紧，可留至次年上灯时，号酒脚腐乳。酒脚，酒底也。

臭腐乳

绿矾[1]腐乳过江来，
佐饭都教胃口开。
莫笑时人皆逐臭，

① 绿矾：指发霉的苋菜梗水呈现出绿色，绍兴用来泡制臭豆腐。

铜多崔烈[1]已三台[2]。

萧山人以绿矾制腐乳，其臭[3]臭，其味鲜，卖者称“绍兴臭腐乳”。逐臭字见《列子》。崔烈以钱五百万买司徒，人讥以铜臭，见《后汉书》[4]。俗以能食为开胃口。

千层包

冬菜花和春笋丁，
麻油拌透裹千层。
看来真似银包样，
春饼羞他浪得称。

---

① 崔烈（？—192年）：东汉时人。

② 三台：汉官尚书为中台，御史为宪台，谒者为外台，合称三台，后称三公。东汉时太尉、司徒、司空合称三公。

③ 臭（xiù）：同嗅。

④ 见《后汉书》：《后汉书》卷五十二《崔骃列传第四十二》：“烈，有重名于北州，历位郡守、九卿。灵帝时，开鸿都门榜卖官爵，公卿州郡下至黄绶各有差。其富者则先入钱，贫者到官而后倍输，或因常侍、阿保别自通达。是时，段颎、樊陵、张温等虽有功勤名誉，然皆先输货财而后登公位。烈时因傅母入钱五百万，得为司徒。及拜日，天子临轩，百僚毕会。帝顾谓亲幸者曰：‘悔不小靳，可至千万。’程夫人于傍应曰：‘崔公冀州名士，岂肯买官？赖我得是，反不知姝邪？’烈于是声誉衰减。久之不自安，从容问其子钧曰：‘吾居三公，于议者何如？’钧曰：‘大人少有英称，历位卿守，论者不谓不当为三公；而今登其位，天下失望。’烈曰：‘何为然也？’钧曰：‘论者嫌其铜臭。’”

千层每张，方径一尺，切作四张，包麻油拌过。冬菜花、春笋丁等蒸食，名千层包。元宵食春饼，号为银包。“浪”本唐人语，杜诗[①]“真成浪出游”，犹徒字义也。

霉千层

盐卷千层二寸长，
翻从腐后得清香。
当时最爱邻庵制，
吃剩凉厨顿顿藏。

炒热椒盐，糁千层内卷，作筒，腐后加麻油蒸食。尼庵制者尤佳。顿顿亦见杜诗[②]：“顿顿食黄鱼。”

糖烧面筋

湖上糖烧嫩面筋，
陆家手段最传闻。
春风二月多香客，
催起油锅日欲曛。

---

① 杜诗：杜甫《上牛头寺》：“无复能拘碍，真成浪出游。”
② 杜诗：杜甫《戏作俳谐体遣闷二首》：“家家养乌鬼，顿顿食黄鱼。”

西湖圣因寺旁，陆大有酒店，糖烧面筋最有名。用面筋嫩者，随手撕大小块，油内泡过，加糖、醋起锅，素食美品也。二月十九观音诞日，各乡人来天竺烧香者尤盛。归多买以供饭佐酒，香客已见。

五香干　茶干

普门佳制五香干，
多供僧厨办素餐。
别有茶干尤软美，
四棱不误醉中看。

豆腐淋干，切寸方块。布包煮透，复醡去浆，酱油浸过，名酱油干。亦有以五香味同浸者，名五香干。布包醡过，故四方无棱。茶干亦以布包煮，加浓茶汁同酱油浸，不醡，故无棱，味稍淡，而有茶香。普门，天竺寺前山门也，素食店所卖豆腐干、茶干，香客多买归送亲友，招纸皆有“佳制”字。素餐，本《诗经》。《毛传》：素，空也，此借作荤素之素。软美，出《新唐书》李泌语。

黄豆腐干　回汤豆腐干

熏干豆腐亦无浆，
栀子煎涂两面黄。
记得少时牙似锯，
酒边最爱嚼回汤。

豆腐蒸干复熏，名熏干，又名黄豆腐干。栀子煎涂，色尤深黄，卖剩屡熏，又名回汤豆腐干，凡学业不成重习他业者，俗借以诮之。“牙齿如锯子，舌头如磨子”，亦俗语。

风干豆腐干

香干块块棘端穿，
四福楼前落日悬。
不是残牙难再嚼，
横塘无分雇归船。

五香干，或但称香干，以长棘条穿悬檐下，风吹极干，号风干香干。湖上、山上各茶店，皆配油炒瓜子、熟落花生、风干栗子，摆茶座中，任客拣食。四福楼，湖上茶店名也。自闽回杭，有西、北两路，西路由延平府过浦城、仙霞岭，即浙江界；北路由福宁府过飞鸾岭，即浙江界。北路皆陆行乘轿，西路惟仙霞岭须乘轿，余皆水路，乘舟尤便，故由西路者多。横山塘，亦但称横塘，在闽省西门外，由西路者，必在此雇船。薛能诗："莫嫌老缺残牙齿。"

清汤面

清汤素面胜于荤，
满碗长条色不浑。
白切锅头羊肉泡，
萧家记近艮山门。

面店有荤有素，素者但卖蘑菰、笋丝、各菜花面，或并不用各物，但以笋汤煮，名清汤面。羊肉店卖熟羊肉，不加作料，名白切羊肉，艮山门内萧家尤著称，多买泡清汤面，故早市尤盛。艮山门，杭城东北隅门也，俗称坝子门。

凉拌面

凉拌炎天素面佳，
酱麻油碟早安排。
陈年芥末辣逾好，
饱听蝉声满绿槐。

面煮熟后，淋干，同酱、麻油拌，加陈年芥子末尤佳。安排，出

《庄子》："安排而去化①，而入于寥天一。"俗语犹云备具也，亦云端正。

雪里蕻笋丝面

雪里蕻花冬笋丝，
铜锅煮面漏迟迟。
白头忍又青衫湿，
长忆寒宵倦读时。

冬月檀笋丝、雪里蕻花煮面，重加麻油，味最鲜美。予从前尝以供夜读。檀笋又称冬笋，其义未闻。素面店用铜锅盛上座，号铜锅面。

【檀笋花字应作潭。二南】

面老鼠

大小都随箸夹成，
汤锅个个窜无声。
加餐莫劝广东客，
恐误初生唧唧名。

水和稀面，以箸夹入热汤锅中，大小不等，名面乾鎝，亦名

① 安排而去化：稿本作安排而化去。

“面老鼠”。广东人取新生小鼠皮红无毛者，蜜渍食之，入口唧唧有声，名“唧唧”，见苏诗注。

馄饨

担上馄饨胜店中，
擀成皮子薄而松。
最怜风雪三更夜，
橐橐[1]声来已晓钟。

馄饨面店，亦有挑担卖者，其皮尤薄。冬夜熟食担，三更后多归，惟馄饨有至五更者，担前悬竹梆，击以唤卖。

羊肉馒头

绵羊细切去筋衣，
擀薄重萝白面皮。
饱吃馒头宜趁热，
等他早晚出笼时。

馒头裹羊肉者，皮薄胜于猪肉馒头。衣即膜也，亦作“翳”，平声。面经重萝方细，故磨坊多写

① 橐橐（tuo tuo）：象声词，竹梆敲击的声音。

“重萝细面”。饱吃，本苏诗。出笼，俗语。

蟹馒头

秋风乌镇蟹初肥，
只只黄儿堆满脐。
裹作团栾[1]包子馅，
争夸鲜味胜于鸡。

乌镇[2]，地名，湖州所属，出蟹尤肥壮。剥取肉及腹中膏，和鸡肉丁作馒头馅，最鲜美。馒头，亦称包子。只只黄儿已见，亦俗语：“叫花子吃死蟹，只只好。”

松毛包子

带汤包子号松毛，
五寸蒸笼便手操。
只有天和馆中卖，
东山衖[3]口布帘高。

带汤包子，亦称松毛包子，但如胡桃大肉馅并汤裹蒸。笼高五

① 团栾（luán）：团子。
② 乌镇：古属湖州乌程县，今属嘉兴桐乡市。
③ 衖（lònɡ）：同“弄”，巷子。

寸余，每笼多只十个，用新松毛垫底，连笼买归，店中自来收取。然惟东山衖口天和馆有之。古酒家多用帘，今独面店犹有用者，或白布作心，红布作边，长三尺余，以竿挑悬檐外。或只悬五色纸条，圈下垂如流苏样，皆无字。鳝鱼时，亦有书“五香鳝鱼”者。东山衖，在荐桥衖内，有晋谢太傅[①]祠，故名。

荡面饺

肉饺和汤现裹成，
上笼蒸透气彭亨[②]。
笑他烫面乡音误，
柜外人来唤太平。

肉饺，皮极薄者，号荡面饺。荡，犹熨也。俗语讹作“太平饺”。彭亨，本韩昌黎《石鼎联句》诗。

---

① 谢太傅：谢安（320—385年），东晋军事家，在淝水之战中，作为东晋一方的总指挥，以八万兵力打败了号称百万的前秦军队。

② 彭亨：鼓胀；胀大貌。

水饺

水饺新将京样夸，
四牌楼下老陈家。
座儿已满催门市，
擀面声喧日欲斜。

肉饺用泉水煮熟，为水饺。蒜泥、醋蘸食，亦京样也。四牌楼，在城隍庙前，有陈姓新旧两店。旧店卖者尤有名，俗称“老陈店”。凡熟食店皆设桌凳，号“座儿”，亦曰“座头”，便就店买食也。买回家者，则号“门市”。

挂粉汤团

水粉汤团店几排，
万年红纸[1]写招牌。
近来又改称苏式，
肉馅终输糖馅佳。

糯米和水磨粉，沥干和作汤团，或裹肉馅，或裹糖馅。卖者皆以万年红纸贴门前，写“水粉汤团”，或“挂粉汤团”，亦有加“苏式”字者。凡店屋一间为一排，故

① 万年红纸：多数是在白纸的基础上染上颜色而成的一种橘红颜色纸，可用作食品包装、对联等。

有三排店、两排店之称。万年红纸，红矾所染，色兼红黄。

青白汤团

名是汤团不用汤，
青青白白裹沙糖。
儿童记得苏秦谚，
上冢归来唱夕阳。

青白汤团，青者以槐叶汁和粉所作，皆裹糖馅蒸卖。沙糖，糖之带汁者，清明上坟，必用青白汤团。谚云：“青白汤团熟旺旺，苏秦[1]见了眼汪汪。有朝一日官来做，买些吃吃买些藏。”

钮儿汤团

最小汤团号钮儿，
担头立等起锅时。
桂花细末冰糖馅，
香味于今最繫思[2]。

钮儿汤团，夜担所卖，亦击小竹梆。有以桂花冰糖末裹馅者，尤香美。

---

① 苏秦（？—前284年）：战国时期纵横家，以智慧著称。
② 繫（jì）思：挂念，思念。

芝麻团

黑白芝麻拌粉团，
桂花糖裹似弹丸。
炎天点食多嫌热，
凉供书堂下昃[1]盘。

和粉作团，如弹丸大，裹桂花糖馅，蒸熟后以炒过芝麻或黑或白拌卖，号芝麻团，夏日有之点食。俗语犹云：“点食心”。“下昃”，本出《春秋》，今犹沿称。

蓑衣饼

着履吴山雨乍晴，
桂花蒸过晚风清。
城隍庙外蓑衣饼，
最是兰馨馆出名。

和酥油擀薄面皮，层层裹糖，面上糁橙丁、瓜子肉、红丝等，号蓑衣饼。城隍庙外茶店多卖之，惟兰馨馆尤出名。吴山俗称城隍山，南有大观台，四面皆桂树，花时游人最盛。然常天气欝蒸[2]如黄梅时，俗谓之“桂花蒸”。蒸读若枕。

---

① 下昃（zè）：日暮时。
② 欝（yù）蒸：气压低，湿度大，气温高。欝：同郁。

二月桃花蒸，四月樱桃蒸，九月菊花蒸。一年天凡四蒸，蒸后天必久晴。

月饼

中秋月饼样团圆，
招纸开斋名目繁。
只笑红糖黄豆馅，
棘开分与号三元。

中秋供月，必有月饼。亲友馈节，亦多兼之。其名目有：五仁、洗沙、玫瑰、椒盐、水晶、干菜、火腿等十余种，皆以馅别也。卖者用薄木片为盝[1]，白纸包之，外贴红纸店号。盝内各夹招纸，开列店中所有各物，或有并列价目者。乡试三场，适在中秋日，点名时，每名给月饼三个，号“三元饼”，皆细点心店。当官者，但以红糖黄豆粉为馅，多带归，分给儿童，不中吃也。点心店有糖有细，细者亦名茶食店。

---

① 盝（lù）：古代的一种竹匣。常多重套装，顶盖与盝体相连，呈方形，盖顶四周下斜。

松花撞糕

新抹松花色嫩黄，
粉蒸糁拌洗沙糖。
何须侑酒[1]歌童好，
归去来词唱夕阳。

松花饼亦名“松花撞糕”，和粉作长条，叠折半寸，长以洗沙糖馅嵌之。外糁松花，色甚可爱。林洪《山家清供》有云：“尝至大理寺，访陈秋岩评事，留饮。二童歌《归去来词》[2]，食松花饼。”

回炉烧饼

油灼椒盐烧饼松，
回炉尤好酒边供。
数钱记向摊头等，
满市烟痕傍晚浓。

擀面作圆饼，叠分三层，中裹椒盐，上以芝麻糁之，名椒盐烧饼。卖剩者，油锅灼透，名回炉烧饼，味尤松脆，兼可供酒。

---

① 侑（yòu）酒：为饮酒者助兴。
②《归去来词》：即东晋陶渊明（352年或365—427年）撰《归去来兮辞》。

南瓜饼

问名人爱识宜男，
擀面煎成说亦甘。
记得中秋明月夜，
满盘圆供酒初酣。

《岁时杂记》[1]：中秋日，妇人多向邻园摘取南瓜，以为宜男[2]之兆。吾乡则于中秋日蒸熟和面，擀成圆饼，煎以供月。梁吴均[3]有说饼文。

空壳烧饼　金刚蹄

烧饼争夸空壳松，
金刚蹄样亦玲珑。
萧山更有香糕脆，
带到柯桥[4]柴担中。

糖馅烧饼，贴炉内火旁烘干者，号空壳烧饼，尤可久藏。金刚蹄，以糖和面，搦[5]作马蹄形，亦

---

①《岁时杂记》：北宋吕原明撰风俗书，已散佚。
② 宜男：旧时祝颂妇人多子之辞。
③ 吴均（469—520年）：南朝梁文学家、史学家，撰有《饼说》文。
④ 柯桥：清属绍兴府山阴县，今绍兴市柯桥区柯桥街道。
⑤ 搦（nuò）：握；拿；捏；按。

火旁烘干。绍兴香糕，萧山尤著名，多柯桥人卖柴者带来。

软锅饼

细面葱盐带水调，
微油锅内熿[1]防焦。
张张揭起圆如月，
待冷还留作夜消[2]。

细面水和，加葱、盐花，油锅熿熟，号“软锅饼”。点心留夜间食者，谓之“夜消儿”。

侧高饼

侧高名字义难详，
煮糯舂成不出浆。
整米和糖松裹馅，
秋来尤爱桂花香。

侧高饼，俗名也，不知其义，亦不知是此二字否。煮糯米舂烂，作包，即以整饭和糖裹馅，或加新桂花末，尤香。

① 熿（mò）：火。
② 夜消：今作夜宵。

年糕

年糕口号识年高，
方印当中五色描。
怪底搀和萝葡粉，
上虞新样作长条。

年糕，各店卖者，皆以店号印中间。一种上虞年糕，皆作长条，与各店方者异。多搀萝葡粉，不耐久藏。“年年高节节高”，俗谚也。

蒸粉鸡蛋糕

打碎团团鸡蛋黄，
猪油和粉重加糖。
酒酣换桌分盘上，
松子橙丁到口香。

粉蒸鸡蛋糕，惟酒席用之。酒席有两点心者，有四点心者，皆俟各菜半上后，换桌更上。然惟盛席如此，寻常酒席，不换桌也。打碎，亦俗语。

栗糕

重阳蒸栗作糖糕，
剪纸旗尖五色摇。
引得儿童冒风雨，
数钱争买起清朝。

蒸栗作糕，重阳买以供神祭祖。皆搽[1]五色尖角小纸旗。

寿字糕

糙米沙糖木印圆，
当中寿字小于钱。
解饥记得读书夜，
汤泡一盂风雪天。

沙糖和粗糯米粉，以圆木印印之，中嵌“寿”字，名“寿字糕”。冬月始卖。

木糕

后市街头魏木糕，
上笼手段果然高。
千揉万搦重罗面，
甜裹冰糖脆核桃。

木糕，夏日所卖，其称名亦未详，或云当作墨，言色黑也。有不黑者，则亦非是。煮熟干蚕豆，加糖和面，随手捻成，蒸熟食之。有无馅者，有冰糖、核桃、猪油馅者，名“水晶木糕”，又名“猪

① 搽（chā）：同插。

油木糕”。后市街魏姓卖者，最著称。后市街，在涌金门内。

蒸儿糕

雪蒸糕只号蒸儿，
多供儿时及病时。
入口松甜不愁噎，
岂知尤与老相宜。

雪蒸糕制法，具详《随园食单》[1]，俗但称蒸儿糕，点心店多不卖。卖者，摆摊在各巷口，有洗沙、玫瑰、火腿馅者，惟请客或用之，寻常皆糖馅也。

---

①《随园食单》：清代袁枚（1716—1798年）撰食谱。《随园食单·雪蒸糕法》：“每磨细粉，用糯米二分，粳米八分为则。一拌粉，将粉置盘中，用凉水细细洒之，以捏则如团，撒则如砂为度。将粗麻筛筛出，其剩下块搓碎，仍于筛上尽出之，前后和匀，使干湿不偏枯，以巾覆之，勿令风干日燥，听用（水中酌加上洋糖则更有味。拌粉与市中枕儿糕法同）。一锡圈及锡钱，俱宜洗剔极净。临时，略将香油和水，布蘸拭之。每一蒸后，必一洗一拭。一锡圈内将锡钱置妥，先松装粉一小半，将果馅轻置当中后，将粉松装满圈，轻轻挡平，套汤瓶上盖之，视盖口气直冲为度。取出覆之，先去圈，后去钱，饰以胭脂，两圈更递为用。一汤瓶宜洗净，置汤分寸以及肩为度，然多滚则易涸，宜留心看视，备热水频添。”

黄条糕 枣糕

糯粉和匀次白糖，
条条栀子水涂黄。
爱甜加入胶州枣，
多趁粮船到北方。

黄条糕，有加黑枣肉蒸者，名枣糕。黑枣出山东胶州者著称，多由粮船回空带来。糖最白者为上白糖，其次为次白糖。

乌饭糕

楝叶[1]舂和糯米蒸，
好供立夏馈亲朋。
只嫌乌饭乡人号，
不袭青精道士称。

立夏前后，楝叶舂汁，煮糯米饭成深蓝色，淋燥切卖，名乌饭糕，俗用以馈节。青精饭，道家所尚。杜诗云“岂无青精饭，使我颜色好”是也。然是南天烛叶汁煮者，见仇兆鳌《杜诗注》。

① 楝叶：一般指乌饭叶。

水晶糕

木印方填样带长，
出笼块块水精光。
只嫌下昃停蒸韧，
老缺残牙不便尝。

水精糕，以木印印蒸，作长方式，中衔水晶字，须趁出笼时熟食，冷即韧矣。

茯苓松子糕

摊饭绳床荫绿槐，
点心下昃预安排。
茯苓松子香俱好，
玉带金钱号亦佳。

茯苓松子，玉带金钱，皆细点心店夏日所卖糕名。茯苓松子，以二物搀作也；玉带金钱，以形似也。

雪花糕　洗沙糕

细粉蒸糕号雪花，
条条松软便残牙。
胜他粽箬叠方块，
圆晕如钱黑洗沙。

雪花糕、洗沙糕，亦夏日细点心店所卖。皆用箬叶包衬，俗以裹粽用，故称粽箬，俗读若。

丁头糕

云片鲜描人物形，
裁方不少四边零。
整包买供消闲食，
真味何尝不在丁。

茶食以云片糕为上，有十景、人物、砂仁、松子、核桃等十余样，皆裁长方块，装匣偹[①]馈送。裁下余边，号丁头糕，味同整者，而价倍贱矣。消闲食儿，俗语也。

状元糕

松脆尤思火作糕，
夜消买供读书劳。
抬头喜认状元字，
都望名题雁塔高。

火作糕，薄片烘极燥，入口松脆，亦号“状元糕”。夜闲点食，俗称“夜消儿”，已见。

---

① 偹（bèi）：同备。

喇吗糕

想因制造自番僧，
白粉红糖嵌上蒸。
可惜太甜还带韧，
残牙虫蛀不相应。

糯粉蒸过擎作厚片，叠上下两层，中嵌红糖，再蒸，后切斜角式卖，名喇吗糕。

如意卷

重罗细面拌糖揉，
卷作团栾如意头。
记得邻尼常馈岁，
手炉烘熟伴茶瓯。

如意卷，亦僧尼馈岁者，烘食甜脆。手炉，冬日暖手所需，或大或小，最小号“鸭蛋炉”，可置袖中。

饭团儿

饭团蒸熟气蓬蓬，
破晓人来等出笼。
才到三竿初日上，
座头已听倒钱筒。

糯粉作团，裹桂花糖馅，外以原粳米粘遍，蒸卖，出笼名“饭团儿”，出笼已见。钱筒，截粗毛竹，长四五尺，一头凿空，尽去中节，留末节作底，店中多置以储钱，市散倾出数之。座头，亦已见。蓬蓬，见苏诗[1]。

水粉

午饭摊过夏日长，
槐阴坐待点心凉。
一盂水粉秋油拌，
更爱陈年芥末香。

煮绿豆粉作长条，号水粉，亦号线粉。夏日以酱、麻油拌食，加陈年芥子末，尤有风味。酱油，秋月晒者为上，故亦名秋油。午睡谓之摊饭，见白乐天诗注。点心，见《南宋杂事诗》卷二。

素烧鹅

豆腐皮包糯米蒸，
红丝细拌白糖匀。
如何多作烧鹅唤，
入馔还疑素食人。

① 苏诗：苏轼《病后醉中》："病为兀兀安身物，酒作蓬蓬入脑声。"

素烧鹅，以豆腐皮包糯米蒸熟，搴扁切段，入油锅煎透，糁红曲丝、白糖。僧尼宴客，亦为馔品。

倭缠麻花儿

倭缠麻花俗语谙，
何劳寒具辨升庵。
但防油污古图画，
莫便满盘留客谈。

酒酵和面，搦成粗条，两两绞紧，油锅灼松，名“倭缠麻花”，“缠”读平声。杨升庵《丹铅录》[1]有“寒具”条，谓即伞子[2]。今伞子形似油灼脍，稍长而条中空，非一物也。三四句用长康、桓元事[3]。

①《丹铅录》：明代杨慎（1488—1559年）撰笔记。杨慎，号升庵。

② 伞子：今作馓子。

③ 长康、桓元事：东晋大司马桓玄爱画如命，觅得精品，常请大画家顾恺之等观赏，而观画者必先洗手方可。长康，顾恺之（348—409年）字；桓元，即桓玄（369—404年），避玄烨讳。

酥藕

藕担如飞晚进城，
泥污洗尽窍珑玲。
红糖白糯连宵煮，
趁晓开锅尚见星。

东城太平门外十余里皆荷花荡。夏日鲜藕出时，城中多摆酥藕摊，逐日买定。日昃[①]时雇挑入城，断节去皮，洗尽泥污，嫩者生卖，老者贯糯米满窍中。仍加糯米、红糖煮过夜，黎明极烂，藕皆红如玛瑙。切片零卖，名“酥藕”。余米成粥，名“藕粥”。有就摊头买食者，有买归者，中秋节后方始止。

糖芋艿

更有行宫糖芋艿，
摊头人立等锅开。
果然甜烂胜他处，
争认太平坊口来。

芋艿去皮，和糖、糯米煮烂，名糖芋艿。内行宫前摊上卖者有

---

① 日昃：太阳偏西。地支中的未时，相当于现在的13点至15点之间。

名，在大街太平巷坊口。“艻”本去声，俗读平声。

毛芋艻

带毛芋子样团栾，
煨熟红炉夜未闡[1]。
宰相十年真领取，
不妨亦吃懒残残。

冬月芋艻不去毛者，号毛芋艻，嫩者称芋子。炉内煨熟，蘸盐佐酒，最有风味。《邺侯家传》[2]：尝读书山寺，冬夜访懒残和尚，方与一僧拥炉煨芋，候久之，以箸夹取半芋，与泌曰：无多言，领取十年富贵宰相。“懒残残”本苏诗，《除夜访子野食烧芋戏作》：“牛粪火中烧芋子，山人更吃懒残残。”

---

① 闡（chǎn）：同阐，开。
②《邺侯家传》：唐代李繁（？—829年）撰其父李泌（722—789年）传记，已散佚。

糖炒栗子

炖鸡栗子未开蓬，
零降[1]深山待北风。
听得一声糖炒卖，
寒衣偏解[2]警闺中。

新栗子炒鸡，秋日馔品也。栗壳谓之“蓬”，零降，本《夏小正》[3]。九月栗老，去蓬糖炒熟卖，名糖炒栗子。俗谚云：“糖炒栗子，难过日子”，言天将冷也。

老菱

小艇河边卖老菱，
窑头尖角挖论升。
堆堆火热开锅摆，
听唱新腔到上灯。

菱老皆煮熟卖，可自八月至十月中，皆由瓶窑[4]、永泰[5]两处小船贩来。瓶窑者角团，号“窑头菱”；

---

① 零降：栗子落下。《夏小正》：“栗零。”《尔雅正义》：“零也者，降也。”

② 解（jiě）：同解。

③《夏小正》：原为《大戴礼记》中的第四十七篇，撰者无考。中国现存最早的科学文献之一，也是中国现存最早的一部传统农事历书。

④ 瓶窑：清仁和县地名，今杭州市余杭区瓶窑镇。

⑤ 永泰：清仁和县地名，今杭州市余杭区仁和街道永泰村。

永泰者角尖，号“尖角菱”。卖皆论升，摊头分堆唤卖。现开锅者尤甜嫩，多唱“开锅老菱，一文钱一升”，其声清脆可听。

【今则老菱多唱“十二个铺一觔[1]”矣。每觔不过三四十枚，何今昔之殊也？光绪戊子[2]二南识】

现炒白果儿

银杏多呼白果儿，
街头现炒不粘皮。
笑他毡帽怀中裹，
果是铁头风耐吹。

冬月现炒白果儿，担锅唤卖，炒久恐冷，多以毡帽裹塞怀内。俗有“苏空头”“杭铁头”语，以杭人不常带帽，冬月亦然也。毡帽，亦杭俗语。

① 觔：即斤。
② 光绪戊子：1888年。

鸡头豆

芡根形宛似鸡头，
芡实圆如珠欲流。
记得炉边开水灼，
西风斜日枕山楼。

鸡头，西湖出者尤嫩，即芡实也。秋月，茶店买剥浸水钵中，以小铜杓加开水就茶炉上灼熟，微加盐花，价以分计，二分、四分不等。枕山楼，城隍山上茶店名。

油炒瓜子

西瓜子大北边来，
油炒颗颗口不开。
落日吴山茶客散，
满楼残壳扫成堆。

西瓜子，由粮船回空带来者，大于南方所晒，茶店皆油炒卖。颗，俗读“若柯”，平声。

紫葡桃

秋风满架紫葡桃，
累累如珠重缀梢。
叹息上林十八种，
分甘无分及蓬茅。

《金鳌退食记》[1]："御园中有十八种葡桃，皆自西域移来。"

沙果花红

曾临旧贴识来禽，
熟透还将沙果称。
取比苹婆北方柰，
只应价为还来增。

右军[2]有《来禽帖》，即"林檎"也。以其味美，能来众禽，故名。俗以纯青者为花红；熟后间红白色，味尤甜爽者为沙果。苹婆果，北方柰也。由粮船带来，但称苹果，其价甚昂。

寿星桃 夫人李

凉风消息到皋亭，
离核桃多号寿星。
好配青消紫粉李，
夫人名字酒边听。

---

①《金鳌退食记》：清代高士奇（1645—1704年）撰笔记。

② 右军：即王羲之（303—361年或321—379年），东晋书法家，曾领右将军。

皋亭山俗称半山，在艮山门外，山皆桃树，其实有数种。最佳者“寿星桃”，核不黏肉，故又称“离核桃”。李亦种多，青消、紫粉，皆其名也。惟夫人李最佳。

糖梅 梅酱

青椰头溅齿牙酸，
雕取玲珑络索看。
黄熟满盘蒸作酱，
沁脾最好酒初阑[1]。

梅子大者，号青椰头，妇女用快刀剜去核，雕种种花样。有作络索者，回环不断，可一尺余长。皆先以温水泡去酸味，加糖，与整朵玫瑰花，拌置小坛中，藏久不坏。黄熟梅，和糖蒸酱，号“梅酱”，味最爽口。桃极熟者，亦可蒸酱，然不及也。

虎爪儿

虎爪儿新出水鲜，
一弯佐酒晚凉天。

① 阑：疑误，应为阑，同阑。

削成片片玲珑玉，
藕断何尝丝不连。

藕上一节极嫩者，号“虎爪儿”。酥藕摊卖生藕，皆切片，厚薄不等。藕断丝连，亦俗语。

方柿 火柿

方柿多称金钵盂，
沁心凉味似醍醐[①]。
若教取比赪虬卵[②]，
龙眼真堪荔子奴。

柿有两种，圆而色纯红者，名火柿，昌黎诗[③]所谓“赪虬卵”也。似火柿而大，四方有棱，色兼红黄者，名方柿，又号“金钵盂”。荔枝，俗呼“枝”，作上声，亦有竟写“荔子”者。《庶物异名疏》[④]：“龙眼，一名‘荔枝奴’。”

---

① 醍醐（tí hú）：从牛奶中提炼出的精华。

② 赪（chēng）虬卵：赤色龙的卵。赪：赤色。

③ 昌黎诗：韩愈《游青龙寺》：“然云烧树火实骈，金乌下啄赪虬卵。”

④《庶物异名疏》：明代陈懋仁撰。

水团儿 羊官枣

秋风入市水团儿，
饱食人言易损脾。
不信杜陵旁舍妇，
长竿扑取日充饥。

生枣，长而红黄色者，名“羊官枣”。圆而色兼青白者，名“水团儿”，味尤甜脆。《本草》言：生枣多食伤脾。杜诗：“堂前扑枣任西邻，无食无儿一妇人。”“扑”即《邠风》[①]“八月剥枣”之义，详见《东轩笔录》[②]。

酥梨

酥梨滋味胜常梨，
秋白何劳北客荠。
莫信闽人嘲冷饭，
满篮挑取手轻挤。

酥梨出萧山，手挤即碎，味亦甜软。秋白梨出山东，由粮船带来。闽人以酥梨为“冷饭梨”，言其味如冷饭，易致噎塞也。

① 邠风：即豳风，为《诗经》中的一个篇章。
②《东轩笔录》：北宋魏泰撰笔记。

杨梅

杨梅浅紫与深红，
买惯黄梅细雨中。
好在南山满家陇，
至今几树熟熏风。

杨梅出南山满家陇者，尤大而甜。东坡诗："散火杨梅林"，即其处也。因多满姓，故名。或作"满觉陇"，乃乡音之误。好在，存问之词也，本《通鉴》，胡三省[①]注。

紫钵盂

更忆泥糊紫钵盂，
冬来味亦比杨庐。
膍脐[②]记取薛家令，
莫作马蹄闽语呼。

荸荠最大者，色纯紫，号紫钵盂，冬月尤美。东坡诗："南村诸卢北村杨"，谓枇杷、杨梅也。《天中记》[③]：薛能兴诸客饮，举席上果与身体名同者为令。薛言膍脐，则

① 胡三省（1230—1302年）：南宋史学家，撰《资治通鉴音注》，为公认自宋元以来《通鉴》各家注本中最佳者。
② 膍（pí）脐（qí）：指荸荠。
③《天中记》：明代陈耀文撰类书。

荸荠正名也。闽人呼为马蹄，当由音近而误。

刺菱儿

瓜皮船卖刺菱儿，
记得西湖赏夏时。
摊满翠青荷叶上，
已教颜色系相思。

西湖一种三角菱，只如鸡头豆大，名刺菱儿。湖中渔船，长六尺许，上不盖篷，但用独桨划者，号“瓜皮船”。六七月间，多采刺菱儿，傍游船剥卖，摊鲜荷叶上。菱白叶青，色尤可爱。

永嘉柑

春盘细擘永嘉柑，
津味还过蜜露甘。
好看谁知不中吃，
笑他佛手贩闽南。

永嘉柑，出温州永嘉县，以美得名。一种蜜露柑，则以味如蜜如露也。佛手柑，自福建来，春盘亦用之。“好看不中吃”，亦俗语。

王菱肉

菱肉分明白似霜，
王瓜比例合名王。
想因口号称元宝，
只羡金多误作黄。

秋后菱老，剥肉籤[1]卖，称“黄菱肉”，节日用作三果，谓之元宝，以形似也。《月令》[2]：“王瓜。”疏：王，大也。王菱当亦此义。今皆作黄，与色不合，殆因元宝之称耳。三果、三素菜，皆平时祀神供者。年终烧纸，则各种果子、干鲜咸具矣，素菜亦然。

风菱

风菱面目莫嫌枯，
去壳方知肉色腴。
馈岁果盘须作底，
满篮晴日挂四隅。

四角为菱，两角为芰，风菱两角，则是芰也。然古书有言，芰即芡者，未知孰是。秋后买盛大格篮中，悬有风无日檐下，久之壳皆

① 籤（qiān）：同签。
②《月令》：《礼记》中的一篇。

槁。岁果盘多以衬底，每岁除日，新嫁女家，皆以岁果盘馈女。有寄男女者亦然。

枇杷

攒金万颗射朝暾，
熟透熏风佐酒尊。
十四年来乡梦断，
诸卢仍否住南村？

东坡诗："攒金卢橘坞"，又"南村诸卢北村杨"，盖以《上林赋》，卢橘为枇杷也。施元之注，已引《容斋随笔》等书，辨其误矣。予自乙巳[①]来闽，至今戊午[②]，已十四年。每忆塘栖牛奶枇杷，虽不及荔支色、香、味三绝，亦未可侪[③]诸龙眼奴列也。

① 乙巳：1845年。
② 戊午：1858年。
③ 侪（chái）：同辈或同类。

樱桃

留下樱桃也自红，
匀圆万颗火珠同。
回思立夏尝新日，
不信余年亦转蓬。

留下，地名，在西溪，多樱桃树，已见其地。立夏日过节，必有樱桃、新苋菜、江鱼。杜诗：“西蜀樱桃也自红。”又此日尝新类转蓬。过节，俗语，节日宴也。

衢[1]橘

福橘频年已饱尝，
塘栖旧种转难忘。
休论入口醍醐美，
酒座频搓手亦香。

塘栖，镇名，仁和县所属，去省城五十里，所产橘，小而色黄，皮薄浆甜，香尤可爱。福橘，即福州橘也，自海船贩到，年底价甚贵，以称“福”故，岁果盘必用之。

① 衢：指浙江衢州。

风干栗子

经霜树树栗蓬开，

买取风干尽检魁。

黄绉满盘新剥肉，

灯前不厌酒人催。

风干栗子，壳薄膜松，肉多黄绉，味尤香甜。魁栗，大栗也。凡物大者，称魁。如，魁枣、魁蛤之类。《汉书·翟方进传》：“饭我豆食羹芋魁。”注：言芋之大者，则魁字由来久矣。又《西京杂记》[1]已有“魁栗”字。

枣儿瓜 香瓜

满市青皮绿肉哗，

松甜争似枣儿瓜。

午窓[2]擘取水精嚼，

两腋风生不待茶。

香瓜，号青皮绿肉，一种枣儿瓜，以味如枣得名。杜诗：“瓜嚼水精寒。”卢仝《茶歌》：“七碗吃不得也，惟觉两腋习习清风生。”

---

① 《西京杂记》：汉代刘歆（前50—23年）撰写的历史笔记小说集。

② 窓（chuāng）：同“窗”。

洋王瓜

王瓜别种号称洋，
不信移根自海邦。
惯饱老拳搞取嚼，
沁心凉味酒都降。

洋王瓜，形圆、色黄，大于秋白梨，脆于枣儿瓜。随手敲碎，酒后食之，尤可解醒。“饱我老拳”本《晋书》[1]载，记石勒语。

梅食儿

红紫搀匀梅食儿，
酸甜滋味系人思。
整包放学归来买，
口角涎先一路垂。

青梅大者削片，咸盐渍；茭白亦削片，以茜草染红；紫苏嫩叶，去梗揉碎，和糖拌晒，号梅食儿。

① 本《晋书》：《晋书·石勒载记下》：“孤往日厌卿老拳，卿亦饱孤毒手。”

榄仁

橄榄争如崖蜜甜，
回甘待久果堪嫌。
谁知风味核中好，
炒透一盘仁着盐。

东坡诗："待得微甘回齿颊，已输崖蜜十分甜"，咏橄榄也。其核中肉谓之橄仁、榄仁。楝[①]极大者，加盐微炒，颇有风味。

葱管糖 椿儿糖

巷口锣声卖大糖，
纸糊灯小担头光。
倒翻不刮芝麻屑，
碗底找寻骰子忙。

冬月卖大糖者，敲小铜锣，夜间以纸糊竹丝灯插担头。有兼设赌者，置大碗于前，或用六色骰子，或用干蚕豆。五颗中嵌红黑豆，一面红一面黑，以多红者为胜。俗语："不管大糖担儿倒翻，只管刮芝麻屑儿。"大糖，以白糖和面熬，搓作圆条，裹芝麻于外，长二三寸者，名葱管糖。粗如酒杯口，只

① 楝：这里指橄榄。

一寸长者，内裹玫瑰、黑芝麻，名“馅子糖”，亦名“椿儿糖”。找寻，亦俗语。

石花

石花连夜菜熬成，
彻底晶莹似水精。
解暑一盂兼解渴，
诗情都不为茶清。

石菜花，亦名麒麟菜。捶烂熬膏，但称石花。竹刀划分，和糖醋拌食。七月十五日中元节，兼以作享。白乐天诗：“诗清都为饮茶多。”

不焦

不焦真个不宜焦，
抢起锅心薄似绡。
最爱松甜糖熯透，
槐阴细嚼听鸣蜩。

绍兴人谓锅为“镬”。烂饭本始于绍兴人，其锅底粘着微焦者，名“镬焦”。吾杭音“镬”为“不”，遂呼不焦。抢起用微油加糖熯过，俟冷食之，夏月尤宜。

酱鸭 酱猪蹄

阊门酱鸭酱猪蹄，
箬笠行船重价斋。
争说青楼好乡味，
晚筵分配一船齐。

苏州孙春阳酱鸭、酱蹄包，冬月多以箬笠两面匀覆，由行船带来。杭州妓多苏州人，故妓筵皆有之。行船，行读若杭，日夜趱行，故又称“夜行船”，已见范石湖[1]诗，词牌名亦有之。阊门，苏州南城门也。

① 范石湖：范成大（1126—1193年），号石湖居士，南宋诗人。

《乡味杂咏》研究①

何　宏　赵　炜

《乡味杂咏》是清末在外谋生的杭州文人歌咏家乡美食风味的一部手稿本。此稿本现藏于中国国家图书馆古籍部，只存上卷。《中国烹饪文献提要》[1]未收录，《中国烹饪古籍概述》[2]收录了这部著作，才使得《乡味杂咏》之名常被烹饪界提及。但因是国家图书馆馆藏孤本，从未点校印行，见过此书的人甚少。我们多次利用到北京公干的机会，每次抄录一点，前后几年去过六次，总算抄录完毕。

1　施鸿保其人

1.1　施鸿保著述

《乡味杂咏》的作者施鸿保（1804—1871年），字可斋，晚年号榕甫，清代浙江钱塘人。施鸿保名不见经传，查阅大量同期文人作品，未见其名。就是这样一个小人物，却因为生前勤于著述，终于留下身后名。

施鸿保的著述有：《春秋左传注疏五案》六十卷，《读杜诗说》二十四卷，《秉烛纪闻》十六卷，《闽杂记》二十六卷（含《思悸录》一卷），《可斋诗钞》二十卷，《乡味杂咏》二

① 原载《美食研究》2018年第1期。

卷，但生前从未刊刻，遗稿流落四方，但还是有惜才之士收藏了其手稿，有些还付诸出版。

《闽杂记》是最早刊行的一种，书稿寄存在福州通守王华斋处。1874年，会稽人朱埙（伯吹）到三山（福清），从王华斋处借到稿本，遂抄写，只抄到约三分之一处，就被索回。回绍兴后，朱将抄本送申报馆作为申报馆丛书出版[3]。《闽杂记》原稿现在可能已佚。

施鸿保的其余书稿寄存在在福建作县令的杭州人宋湘亭手上，但宋湘亭也不久亡故。与张友鸾、张恨水被合称为“三个徽骆驼”的张慧剑（1906—1970年）在二十世纪五十年代的杭州丰乐桥边的书肆里购得《读杜诗说》稿本，觉得颇有价值，遂将其整理，交由中华书局于1962年出版[4]。推测这本书稿就是由宋湘亭的家属带回杭州，年久后流出。

另据我们了解，施鸿保还有两部残存稿本存世，一部是《可斋诗钞》二十卷，有十六卷藏在广州中山大学图书馆，缺第八、十三、十四、十六卷，收诗7000余首。一部就是《乡味杂咏》，上卷存北京中国国家图书馆，下卷缺失。施鸿保的《春秋左传注疏五案》六十卷，以及《秉烛纪闻》十六卷，不知是否还在世上？

1.2 施鸿保生平考

根据《闽杂记》正文前朱埙写的《施可斋

先生传》，结合施鸿保目前可见的著述，我们可以大概的描述施鸿保的生平。

施鸿保，字可斋，浙江钱塘（今杭州）人。因为朱埙和施鸿保并不相识，关于施鸿保的事迹主要来自朋友所言，因此在《施可斋先生传》里并没有给出施鸿保的出生日期。在《可斋诗抄》[5]卷首，有施鸿保自撰的《自题三穷民图》，后署"同治三年甲子六月望后九日钱塘施鸿保自识于福建仙游县幕时年六十有一"，同治三年即1864年，其年施鸿保61岁，而古时人说虚岁，杭州本地人至今仍爱用虚岁，因此推测施鸿保生于1804年，即清嘉庆九年。

施鸿保兄弟三人，排行最小。三岁丧父，寡母辛勤抚育，在其诗文中多次流露出对母亲的谢意、眷恋和不能在家尽孝的无奈。嘉庆庚辰（1820年）四月，施鸿保应童生试，被当时任浙江杭嘉湖道的林则徐拔擢为"童生第一"，另外加赠手书对联"是故君子诚之为贵，夫惟大雅卓尔不群"[6]。道光壬午（1822年），在湖上德生庵读书备考，道光甲申（1824年）录取为生员，即中秀才。后又经考试取得廪生，享受廪膳补贴。

道光壬辰（1832年），彭芝楣督学江南，修复诂经精舍，选高才生36人肄业，施鸿保是其中之一。其时施鸿保意气风发，与同乡沈祖懋、金肇洛、邵懿辰、陈元鼎、冯培元西湖结社，论文角艺，旗鼓相当，有时甚至还棋高一筹。当同侪一个个跃升龙门之时，施鸿保十四次乡试，均告铩羽。浙江文风昌盛，但能入仕者寥寥，许多读书人为生活所迫，为官僚担任幕僚，以“绍兴师爷”最为出名。中年的施鸿保无奈放弃科举，1844年，在母亲去世后，先后到江西从事幕府。1845年后一直在福建作幕。平生的爱好只有读书、写作。只要听说有秘籍善本，必借观之。在寓居福州东南大儒陈恭甫（1711—1874年）家时，为其藏书倾倒，“手摩口诵，之语头面俱黑，人传为笑，先生夷然不顾也”。

同治辛未（1871年）三月，在泉州往福州的旅途中，施鸿保因病客死他乡。因无子嗣，由乡人宋湘亭殓葬。

2　《乡味杂咏》其书

2.1　稿本的确定

检视国家图书馆所藏《乡味杂咏》[7]（图1），首页自序署名旁钤一篆字阳文方印“施鸿保印”；第二页目录亦有署名，上钤篆书阳文方印“可斋”，下钤篆字阴文方印“施鸿保印”。在名号上钤印，是作者的手稿的可能性很高。

另施鸿保有两稿本被有心人点校出版，其中《读杜诗说》[4]扉页上也有手稿影印（图2）。中山大学藏有《可斋诗抄》[5]的稿本（图3）。

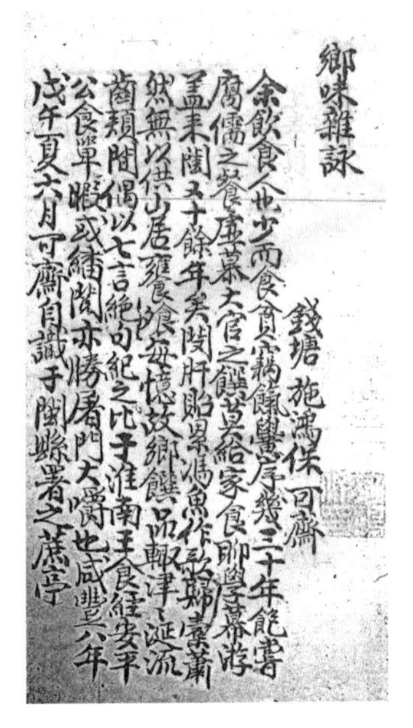
鄉味雜詠
錢塘 施鴻保可齋
余飲食人也，少而食貧，家藉饘鬻，[illegible]幾三十年，能審
腐儒之養，[illegible]慕大官之饌，莫給家食，卿學幕游
[illegible]來閩五十餘年矣，[illegible]
然無以供山居饔飧，每憶故鄉饌品，輒津津涎流
[illegible]類閒偶以七言絶句紀之，比于淮南王食經、安平
公食單，暇或繙閱，亦勝屠門大嚼也。咸豐八年
戊午夏六月可齋自識于閩縣署之蔗亭

图1 《乡味杂咏》手稿

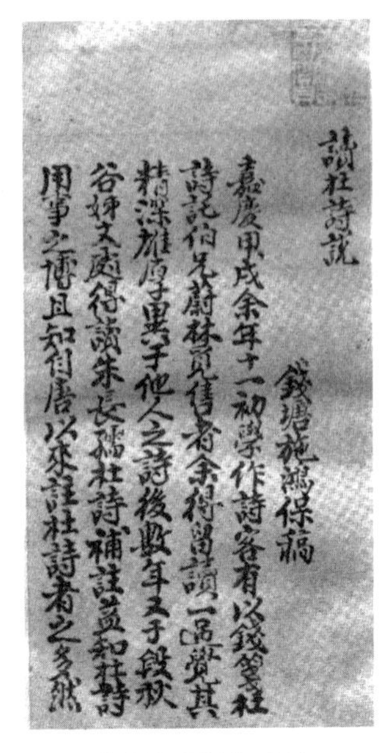
讀杜詩說
錢塘施鴻保稿
嘉慶甲戌余年十一，初學作詩，[illegible]有以錢箋杜
詩[illegible]伯兄[illegible]林[illegible]售者，余得留讀，[illegible]其
精深雄厚，異乎他人之詩。後數年又于段秋
谷[illegible]丈處得讀朱長孺杜詩補註，益知杜詩
用事之博，且知自唐以來注杜詩者之多。然

图2 《读杜诗说》手稿

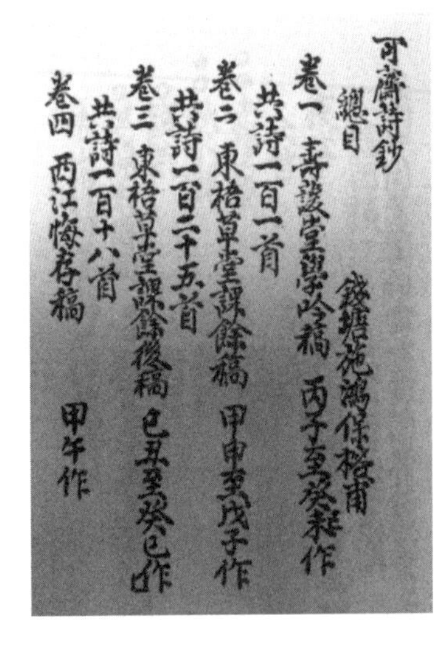
可齋詩鈔
總目　錢塘施鴻保稚甫
卷一　壽護堂學吟稿　丙子至癸未作
共詩一百一首
卷二　東梧草堂課餘稿　甲申至戊子作
共詩一百二十五首
卷三　東梧草堂課餘後稿　己丑至癸巳作
共詩一百十八首
卷四　西江悔存稿　甲午作

图3 《可斋诗抄》手稿

将《乡味杂咏》《读杜诗说》《可斋诗抄》的字迹放在一起比较，基本可以断定笔迹是同一人所书，也就是作者施鸿保所书写。

《乡味杂咏》存在大量作者删改的痕迹。

一般的抄本即便写错，也只是简单涂抹重写。改动字句一般是文字作者所为。如《生白酒》条："不愁风雪满归途"，原句是"不愁风雪粟盈肤"，其中"粟盈肤"改作"满归途"，后面又把解释"粟肤，本苏诗注"划去，在天头上改作"粟肤，见《飞燕外传》"。如不是作者所为，很难做这样的改动。可以看出，解释的修改是作者在第一次誊抄时发现用典有误修改的。而诗句的修改则时间上在后，因为修改完诗句，并没有把诗句中删除语句的解释一并删除。可能在第二次修改时，作者着重于文本的重点诗句的修改，而对后面的注释应随着正诗的删改而同时删除并没有太为在意。

以上原因可以确定：国家图书馆所藏《乡味杂咏》确是施鸿保手书的稿本。

2.2　稿本的流传

《乡味杂咏》稿本前有施鸿保自己写的两条序，从第一条序署"咸丰八年戊午夏六月可斋自识于闽县署之蔗亭"可知，该文稿初写于1858年，地点是当时其作幕的"闽县署之蔗亭"，即今天的闽侯县城甘蔗街道。第二条序署"咸丰十年庚申秋九月仙游县署雪鸿重印室可斋载识"，这时文稿基本完成，时间是1860年，地点在仙游县署。也就是说，此书稿成书于1858—1860年间，前后写作两年多。

按朱埙的说法，除了《闽杂记》，施鸿保

遗稿都寄存在宋湘亭之手，但未提及《乡味杂咏》。

我们在检视《乡味杂咏》稿本时，发现末页上钤篆书印一方："长乐郑氏藏书之印"，这是我国著名藏书家郑振铎（1898—1958年）的藏书印。郑振铎于1958年10月17日率领中国文化代表团出访阿富汗和位于埃及的阿拉伯联盟途中，因飞机突然失事遇难殉职。其家属将其藏书全部捐献给国家，入藏北京图书馆（今中国国家图书馆）。根据郑振铎藏书编辑的《西谛书目》中，赫然在子部谱录类食谱中列有《乡味杂录》的书名："《乡味杂录》一卷，清施鸿保撰，稿本，一册"。[8]由此看来，《乡味杂录》乃《乡味杂咏》之误。至于郑先生何时何地如何将《乡味杂咏》收入囊中，在郑振铎的《西谛书目》里并无记载。和其他古籍相比，《乡味杂咏》的重要性可能并不高，以至于编写书目的人都能把书名弄错。

《乡味杂咏》的稿本上，发现数条不同于施鸿保字迹的批注，在《老菱》条批上了日期"光绪戊子"，即1888年；在《家鄉肉》条批："鄙意'家鄉'当是'加薌'之误。若别于金华之谓，不应于杭州本乡作此名。"《鲦魚》条批"岂当时杭城少此物耶"。可以看出，批注者是杭州本地人，熟悉杭州及周边风俗，并且在1888年读过此稿。批注多数署"二南"，有一条署“胡”，难道是一个叫胡二南的人？

根据“二南”署名，我们大胆推测此人可能是王二南（1853—1931年）。郁达夫曾为王二南作传，因为二南是其妻王映霞的祖父。王二南是杭州人，七岁时，随在福建沙县作幕的父亲王六平读书。王二南的父亲王六平和施鸿保既是同乡，又同在福建作幕，相识的可能性极大。王二南和施鸿保倒有几分相似，都是少年读书老成，但功名一直不顺。“廿一岁时……是先生一生功名潦倒的开始。其后十余年中丧母丧父”，“虽则所入甚微，但先生却葬了双亲”。[9]这段文字说明其父去世在母后，也就是王二南三十多岁的时候。据此，我们推测，《乡味杂咏》稿本并没有由宋湘亭收藏，否则朱埙应该提到此书。有可能施鸿保直接把这本写家乡美食的“游戏之作”交给了同作幕府的同乡王六平。王六平去世，二南见到父亲收藏的稿本，在1888年阅读并批注。这次不是借，而是拥有，否则不会在手稿上作批注。那么在《鲜虾子》条的批注中为什么署“胡”呢？王二南夫人姓胡，且批注为“磨锡箔‘磨’字似应作‘摩’，未知当否？胡识”，更像是一种转述语气，应是转述其夫人读书时的一种疑问。王二南1931年去世，郁达夫曾翻捡他的遗箧，其遗物非常有条理性。有可能这时《乡味杂咏》手稿落入郁达夫之手。而这时郁达夫与郑振铎交好[10]，更有可能转赠给了大藏书家。如果能发现王二南先生墨迹和批注对照，确认此二南就是彼二南，这段饮食文献佳话就能更加坐实了。

至于《乡味杂咏》稿本下卷流落到何处不得而知，或已佚失。

3 《乡味杂咏》的文本

3.1 写作缘起

赵荣光先生曾有一高论：古代“天下食学家与食书大半出下江”[11]。古代食书，明清居多，毕竟和现代时间相近，保存下来的可能性更大。自宋以降，江浙地区经济繁荣，文化昌盛，读书人多，但经科举入仕者毕竟有限，文人有闲有钱有生活，大量笔记小说在这里问世，一些有关饮食的专论也居其中。据我们统计，浙江的古代食书数量高居第一，而杭州作为浙江的政治、经济、文化中心，食书数量在各州府又居前列。尤其是一些食书著者多是当时的著名学者，食书写作多是其闲暇游戏之作，然而其食书传世影响对同乡文人不能不说有很大影响。以杭州为例，明万历年间高濂有《饮馔服食笺》，清初长期客居杭州的李渔有《闲情偶寄（饮馔部）》，孙之騄有《晴川蟹录》《晴川后蟹录》《晴川续蟹录》，袁枚更有食学巨著《随园食单》，赵信著有《醯略》，等等，这个不完全的书单当然会对施鸿保有潜移默化的影响。

施鸿保在序里道出了其写作的目的。人都要靠吃饭活下去，虽然年轻的时候家里穷，吃过的东西不多，但和一些饱学之士交往，也见识过一些。离开家乡到福建已十余年，每当想起家乡杭州的吃食，都会口舌流涎。把家乡的风味记录下来，抽空翻阅，也相当于精神会餐了。

其实任何作品写出来潜意识里都是给别人看的。详细记录吃食的文字，一个久居杭州的人手上写出来，在当时的文人圈子里如果是少量有趣的，还能获得同侪的喝彩，如果是大量这样的文字，可能会失之无趣，毕竟“熟悉的地方没有风景”。施鸿保久居福建，朋友圈是福建的文人，一来验证了那句“家乡的美食最可解思乡之情”的真谛，二来可以在同乡中传阅博得思乡者的喝彩，三来满足福建文人对于杭州的饮食心生向往。

3.2　食物种类

现存《乡味杂咏》上卷收录食品172款。每款食品都以七言绝句记录。按照施鸿保的说法，刚开始写的时候，仅百首左右，后来随忆随咏，多到三百余首。因此分为上下两卷。上卷收录的食品基本上是福建没有的，或者福建有制法和杭州不同。如果杭州、福建都有，做法也一样的，就放到下卷，而且不再分类。

上卷的食品，稿本里并没有用文字明确分类，只是把相近的食品放在一起。我们把食品试分为这么几类：

茶酒3款：虎跑水龙井茶、生白酒、凉生白酒；

饭食2款：焖饭、菜饭；

畜肉菜8款：家乡肉、腌猪头肉、猪头肉火烧饼、东坡肉、胡羊、羊汤饭羊杂碎、芝麻羊肉鲞熩羊肉、肉鲊；

禽蛋菜8款：鸟腊、烧鹅烧鸭、热锅块鸡、黑油鸭蛋、九熏、蝙蝠鸡、桶鸭、酱鸭酱猪蹄；

水产菜26款：醋搂鱼、春笋炒土布鱼、鞭笋穿鲜虫儿、糟青鱼青龙白虎汤、鱼生、鳝鱼、乌骨甲鱼、雪里蕻煎鲳鱼、水鲞潮鲞鳓鲞、鳕丁儿、鲚儿鲞、毕剥鲞、淮蟹、醉蟛蜞、火撞熩蚌肉、土蚨、鲜虾子、菜卤螺蛳、海蛳、蚬肉、熏田鸡、海鲜、糟小鱼、面糊鳓鲞面糊虾、蚕茧、鲦鱼；

蔬菜40款：莼菜羹、长梗白、油菜薹心菜、黄芽菜、果子雪里蕻、荠菜、马兰头、蒿菜、水芹菜、腌冬菜、霉干菜、苋菜根、香椿干、瓢儿菜、润板青、敲扁豆儿、醉毛豆、豇豆炒肉、寒豆、煮熟豆儿、兰花豆、烘青豆、炒红萝葡丝、酱小萝葡、萝葡干、园笋、猫儿头、白哺鸡、黄头儿、青笋尖、鞭笋、笋衣笋油、素火腿、菉笋丝、烧芥菜、酱莴苣、腌小茄儿、糖醋拌紫芽姜丝、青菜瓜、酱烧核桃；

豆制品11款：冻豆腐、盐粽搂豆腐、豆腐渣、酒脚腐乳、臭腐乳、千层包、霉千层、糖烧面筋、五香干茶干、黄豆腐干回汤豆腐干、风干豆腐干；

面条3款：清汤面、凉拌面、雪里蕻笋丝面；

面点38款：面老鼠、馄饨、羊肉馒头、蟹馒头、松毛包子、荡面饺、水饺、挂粉汤团、青白汤团、钮儿汤团、芝麻团、蓑衣饼、月饼、松花撞糕、回炉烧饼、南瓜饼、空壳烧饼金刚蹄、软锅饼、侧高饼、年糕、蒸粉鸡蛋糕、栗糕、寿字糕、木糕、蒸儿糕、黄条糕枣糕、乌饭糕、水晶糕、茯苓松子糕、雪花糕洗沙糕、丁头糕、状元糕、喇吗糕、如意卷、饭团儿、水粉、素烧鹅、倭缠麻花儿；

街头小吃8款：酥藕、糖芋艿、毛芋艿、糖炒栗子、老菱、现炒白果儿、鸡头豆、油炒瓜子；

水果20款：紫葡桃、沙果花红、寿星桃夫人李、糖梅梅酱、虎爪儿、方柿火柿、水团儿羊官枣、酥梨、杨梅、紫钵盂、刺菱儿、永嘉柑、王菱肉、风菱、枇杷、樱桃、衢橘、风干栗子、枣儿瓜香瓜、洋王瓜；

干果5款：梅食儿、榄仁、葱管糖椿儿糖、石花、不焦。

3.3 内容

既然是“乡味杂咏”，首先是乡味，对象是十九世纪上半叶杭州市面上流行的吃食；其次是杂咏，表现形式是七言绝句的歌咏。然而诗歌是语言凝练的艺术，用限定的字数表现纷繁复杂的饮食生活，难免丢失许多信息。如果仅是诗句，那可能就是作者留作孤芳自赏的压箱底之作了。但作者还是有强烈的文人气质，既然科举无成，并非无能，而是命运不济，勤奋著述，以待传世。于是，诗人在诗后有大量的文字注释，较为详细地描述杭州风味食品的状况，其实是为潜在的读者考虑。今天幸得有如此详细的解释，否则我辈就要揣摩前人隐意，有些也许能凑巧言中，更多的可能与原意大相径庭、南辕北辙。

3.3.1 食材

1. 动物性食材

畜肉食物主要提到的是猪肉和羊肉。猪肉是主要的动物性食物，除加工出东坡肉、家乡肉外，猪头肉也是年节祭祀常用之物，九熏摊上有猪肚、肺、肝，酱猪蹄，未见提猪心、肠等。湖州出湖羊，湖州有秋冬吃羊肉的习俗，羊汤饭直到今天还是杭州特色美食，冬天有羊血卖，但芝麻羊肉、鲞�羊肉现在已不见。牛肉未见提及，因衙门以保护农耕为名禁止食用。

禽类里鸡鸭鹅均有，鸡为“食补之王”，

也是出现最多的动物食材。烧鸭烧鹅即今日之烤鸭烤鹅，另外市场上还有桶鸭酱鸭。当时环境多未遭破坏，一些野生禽类餐桌上也未缺席。

水产食材种类繁多，江南水乡自产的鱼虾本来就多，还有海鲜和外地的河鲜运进来。

2. 植物性食材

笋是杭州人一日不能少的，惟其产量多，价格便宜，因此稿本中提到的笋菜众多。提到的蔬菜基本还在食用。但今日最常见的番茄、土豆当时尚未在杭州出现。

瓜有冬瓜、菜瓜、南瓜、黄瓜、香瓜等，西瓜只提到从北方运来西瓜子。

菌菇类有香菇、木耳。

果品有葡萄、李、杨梅、柿子、枣、梨、永嘉柑、枇杷、樱桃、衢橘等。

豆制品种类繁多，有豆腐、冻豆腐、油豆腐、油灼豆腐条、臭豆腐、豆腐渣、千层等，还有豆腐皮制作的素烧鹅。豆腐干就有许多种。

3.3.2　制法

清中期，杭州菜肴烹制法已多样。炒多次出现，如春笋炒土布鱼、豇豆炒肉、炒红萝葡丝等。蒸是江南保持食物原汁原味的一种重要方法，有蒸粉鸡蛋糕、清蒸甲鱼、蒸苋菜根，很多传统的点心要蒸，河鲜保持原味也要蒸。水煮的食物较多，用油加热多为煎，炸制的食物较少，只提到素火腿要油炸。卤制的食物大多在市场出售。烧菜也较多，但烧鸭烧鹅实为“烤”，就像北京今天还有人把烤鸭叫作“烧鸭子”，是习惯叫法，即便是当时的清宫御膳也是把烤鸭叫作“烧鸭子”。熏制的食物在街上摆摊卖，所谓“九熏摊”，烧木屑熏制的有鸡、鸭、猪肚、肺、肝及鱼、蛋、田鸡等，但实际不止这九味也。

夏天也有凉拌，甚至于鱼片也可生吃，这对外地的人来说可谓是“惊世骇俗”之举。

3.3.3 风俗

《乡味杂咏》稿本还展示了清中期杭州饮食风俗的画卷。试举几例：

八宝菜：将红萝卜、豆腐干、千层、冬笋、香菇、木耳、金针菜、油灼豆腐切丝同炒，除夕的团圆筵必备。今杭州仍有此俗。

讲到月饼，当时杭州多达五仁、洗沙、玫瑰、椒盐、水晶、干菜、火腿等十余种。而三场乡试也安排在中秋日，点名时，每名给月饼三个，号“三元饼”，都是细点心店做的。当官者发的是以红糖黄豆粉为馅的月饼，因为不好吃，多带归家，分给儿童。

在“酱烧核桃”条，提到杭州人吃素的习俗。杭州人吃三官素，有大三官，正月、七月、十月要吃三个月；有小三官，每月的初一、初七、初十、十一、十七、二十、廿一、廿七、三十共九天。

于右任于二十世纪二十年代到苏州木渎吃鲃肺汤，即兴挥毫写下“老桂开花天下香，看花走遍太湖旁，归舟木渎犹堪记，多谢石家鲃肺汤”的诗句。因鱼内脏一般弃之，因此用鲅鱼内脏做出的食物令人感到惊奇。其实杭州的青龙白虎汤早就采用鱼内脏作食材了：“青鱼食螺蛳，故号螺蛳青。冬月买长三四尺者，破洗微腌，加酒糟封坛中，夏日蒸食，其肠、肺等煎煮豆腐，名青龙白虎汤，亦俗所尚。”

4 结束语

通览《乡味杂咏》可以看出，这本书是研究清中期江南社会生活，尤其是杭州饮食生活的重要一手资料。作者以亲身体验饱含深情写下了170多种食物，其真实可信度远比道听途说、辗转抄袭生动得多。但我们所见毕竟是稿本，作者毕竟是手写体，有些字比较模糊，不易辨认，有些用字不规范，如“鸡”字，时而作“鷄”，时而作“雞”，甚至在同一条中也出现两种不同写法。另外，也有作者的主观臆断，如有名的高邮咸鸭蛋，作者认为是“膏油”：“膏油，黄中凝脂也，俗误作高邮，遂谓高邮州人制者尤佳。”事实上，确实是“高邮州人制者尤佳”。但瑕不掩瑜，如果《乡味杂咏》能点校刊行，必为饮食史研究增添一件不可多得的珍贵资料。

参考文献

[1] 陶振纲，张廉明. 中国烹饪文献提要[M]. 北京：中国商业出版社，1986.

[2] 邱庞同. 中国烹饪古籍概述[M]. 北京：中国商业出版社，1989：175.

[3] 施鸿保. 闽杂记[M]. 上海：申报馆，清光绪四年（1878）.

[4] 施鸿保. 读杜诗说[M]. 上海：上海古籍出版社，1983.

[5] 施鸿保. 可斋诗钞（稿本）[Z]. 中山大学图书馆藏.

[6] 周亮工，施鸿保. 闽小纪·闽杂记[M]. 福州：福建人民出版社，1985：64.

[7] 施鸿保. 乡味杂咏（稿本）[Z]. 中国国家图书馆藏.

[8] 北京图书馆. 西谛书目[M]. 北京：北京图书馆出版社，2004：卷三子部谱录类.

[9] 郁达夫. 王二南先生传[A]. 达夫散文集[C]. 上海：北新书局，1936：277-290.

[10] 陈福康. 郁达夫与郑振铎的交往和友谊[J]. 新文学史料，2007（1）：126-136.

[11] 赵荣光. 十三世纪以来下江地区饮食文化风格与历史演变特征述论[A]. 中国饮食文化研究[C]. 香港：东方美食出版社，2003：392-438.

图书在版编目（CIP）数据

乡味杂咏 /（清）施鸿保撰；何宏，赵炜校注. —北京：中国轻工业出版社，2024.1

（中国饮食古籍丛书）

ISBN 978-7-5184-3837-2

Ⅰ. ①乡…　Ⅱ. ①施… ②何… ③赵…　Ⅲ. ①古典诗歌—诗集—中国—清代　Ⅳ. ①I222.749

中国版本图书馆CIP数据核字（2022）第003050号

责任编辑：贺晓琴

策划编辑：史祖福　　责任终审：高惠京　　整体设计：董　雪

排版制作：锋尚设计　　责任校对：宋绿叶　　责任监印：张　可

出版发行：中国轻工业出版社（北京鲁谷东街5号，邮编：100040）

印　　刷：鸿博昊天科技有限公司

经　　销：各地新华书店

版　　次：2024年1月第1版第1次印刷

开　　本：787 × 1094　1/16　印张：8.25

字　　数：184千字

书　　号：ISBN 978-7-5184-3837-2　定价：58.00元

邮购电话：010-85119873

发行电话：010-85119832　010-85119912

网　　址：http://www.chlip.com.cn

Email：club@chlip.com.cn

171662K9X101ZBW